I0577761

LA SÉDUCTION DU GENTLEMAN

SÉDUCTION
TOME IV

LAUREN SMITH

Traduction par
DIANE GARO

SANS TITRE

La Séduction du gentleman

Lauren Smith

Traduit de l'anglais (États-Unis) par Diane Garo

Ce livre est une œuvre de fiction. Les noms, personnages, lieux et événements sont le fruit de l'imagination de l'auteure ou sont utilisés de manière fictive. Toute ressemblance avec des situations réelles ou avec des personnes existantes ou ayant existé ne saurait être que fortuite.

Titre original : The Gentleman's Seduction – Copyright 2018 Lauren Smith

La Séduction du gentleman – Copyright 2023 Diane Garo

Traduit de l'anglais (États-Unis) par Diane Garo

Tous droits réservés. La numérisation, le téléchargement et le partage électronique de toute partie de ce livre sans l'autorisation de l'éditeur constituent un piratage illégal et une atteinte à la propriété intellectuelle de l'auteure. Si vous souhaitez utiliser des éléments du livre (autrement qu'à des fins critiques), vous devez obtenir une autorisation écrite préalable en contactant l'éditeur à l'adresse lauren@laurensmithbooks.com. Merci de votre soutien envers le droit d'auteur.

L'éditeur n'est pas responsable des sites Web (ou de leur contenu) qui ne lui appartiennent pas.

ISBN : 978-1-958196-43-4 (version e-book)

ISBN : 978-1-958196-44-1 (version papier)

PROLOGUE

Londres, 5 décembre 1814

— Je vous en supplie, ne faites pas cela !

La supplique rauque résonna dans le silence de la pièce.

Du haut de ses dix-sept ans, Martin Banks, tapi dans l'ombre, regardait son père implorer la clémence d'Edwin Hartwell dans l'entrée de leur petite maison de ville sur Gracechurch Street. La grande taille d'Edwin, ses larges épaules et son visage froid semaient la peur dans le jeune cœur de Martin. Sa sœur jumelle, Helen, s'accrochait à son bras tandis qu'ils observaient la scène, cachés derrière un rideau.

— Je le peux et je vais le faire.

Edwin fixait William Banks avec sévérité.

— Vous me devez dix mille livres, et je viens réclamer cette dette. Si vous ne pouvez pas me rembourser, vous devrez partir dans la semaine.

— Partir ?

Leur mère, une charmante femme à la constitution délicate, s'appuya lourdement sur la rampe pour se soutenir. Elle aurait dû se reposer à l'étage, et non affronter cette brute à côté de son mari. Martin aurait voulu aller vers elle, mais il était figé par une peur enfantine. Si son père avait peur d'Edwin, alors Martin savait qu'il n'avait aucune chance contre lui.

— Oui, madame.

La réponse d'Edwin aurait été assez froide pour glacer la Tamise.

— Je vous en prie, ne faites pas cela ! Et les enfants ?

Elle tendit une main suppliante à Edwin, mais il ignora son geste et recula.

— Si vous vous étiez un tant soit peu souciés de vos enfants, vous n'auriez pas fait un investissement aussi risqué. Je vous ai prêté de l'argent, et j'exige mon dû.

La gorge de Martin se noua et il serra les poings si fort que ses ongles s'enfoncèrent dans ses paumes assez profondément pour faire couler le sang.

— Je vais trouver l'argent, dit William, s'empressant de rassurer Edwin.

— Vous pouvez essayer, mais aucune banque ne prolongera votre crédit.

— Elles pourraient bien accepter, insista son père. Je ne suis pas complètement tombé en disgrâce auprès d'elles.

— Nous verrons bien. Dans le cas contraire, vous serez chassés sous sept jours.

Edwin remit son chapeau et le majordome lui ouvrit la porte. Alors que l'homme s'enfonçait dans la nuit, Martin fixa son dos, gravant à jamais cette image dans sa mémoire.

Edwin Hartwell, l'homme qui avait ruiné leur famille.

— William, qu'allons-nous faire ? Si les banques ne nous aident pas… commença sa mère.

— J'ai toujours des amis chez Drummonds. Je vais y aller à la première heure demain.

— S'il vous plaît, je suis si inquiète. C'est bientôt Noël. Et si nous n'avons pas les moyens d'aller vivre ailleurs ?

Sa mère serra son père dans ses bras, et le cœur de Martin se gonfla d'espoir. Son père pourrait sûrement faire quelque chose. Il le devait ; ils avaient besoin d'un toit pour vivre.

— Tout ira bien, Mary. Vous verrez. Il y a forcément des chambres libres quelque part, même si nous devons déménager dans un quartier moins respectable de la ville.

Son père la lâcha et elle essuya une larme, les mains tremblantes.

— Montez à l'étage et reposez-vous. Vous avez eu trop de soucis aujourd'hui.

Les yeux de William étaient assombris par l'inquiétude. Martin n'était pas tranquille, lui non plus. Ces derniers jours, sa mère s'était considérablement affaiblie.

Elle commença à se diriger vers les escaliers, mais s'affaissa soudain. Son corps s'effondra par terre.

— Mary ! cria son père en se précipitant à ses côtés, la prenant dans ses bras.

— Mère !

Martin fuit les ombres et les rejoignit, Helen sur les talons.

Sa mère gisait comme un ange déchu dans l'étreinte de son père, ses cils battant comme les ailes frénétiques d'un papillon essayant de rester en l'air au milieu d'une tempête. Son visage cendré, ses lèvres pâles et ses yeux troubles avertissaient Martin d'une vérité qu'il n'avait jamais voulu voir, à savoir que les parents n'étaient pas immortels.

— Allez chercher le médecin ! s'écria William.

Martin prit son manteau à un valet de pied inquiet et courut dans la rue, hélant un fiacre. Le médecin qu'ils connaissaient ne vivait qu'à quelques rues de là, mais Martin craignait que même cette courte distance ne soit trop importante. Il avait vu le visage de sa mère, pâle et ses membres relâchés. Il avait vu la mort.

Edwin Hartwell avait volé plus que le foyer de Martin – il avait pris la vie de sa mère, et un jour, il le paierait.

❧ I ❧

L ondres, *10 décembre 1825*

Martin Banks méprisait Noël. Assis dans le fauteuil de son club, le Brooks, il écoutait les hommes qui l'entouraient discuter des bals et des festivités hivernales qui devaient se tenir à l'approche des fêtes. Il déplia son exemplaire du *Morning Post*, essayant de se concentrer sur les articles et d'ignorer les conversations des hommes qui l'entouraient. Ils échangeaient leurs souvenirs d'igloos, de puddings aux figues et de bûches de Noël.

C'est tellement stupide. Rien que des idioties sentimentales.

À vingt-huit ans, ses années d'insouciance étaient derrière lui, mais il n'était pas encore assez vieux pour y repenser avec tendresse. Les hommes de son âge célébraient les fêtes de fin d'année avec leurs épouses ou leurs enfants en bas âge. Mais pas Martin. Il s'était efforcé d'*éviter le* mariage au début de la vingtaine. Après la mort de sa mère, son père avait perdu le goût de vivre, et tout avait basculé.

À vingt ans, sa sœur jumelle, Helen et lui étaient devenus orphelins et avaient déménagé à Bath pour trouver un emploi, lui comme commis et elle comme gouvernante. Ils avaient tous deux échoué. Heureusement, Helen s'était mariée, et son mari avait apporté un soutien financier à Martin pendant qu'il faisait son chemin dans le monde des investissements. Au début, avec son statut de désargenté, les jeunes femmes de Bath l'avaient ignoré malgré son physique flatteur. Mais il ne s'en était guère soucié. Ce n'était que quelques années plus tard, lorsqu'il avait fait fortune, que les femmes avaient commencé à le regarder avec intérêt, mais alors il avait déjà perdu tout désir de se marier.

Je ne ferai pas les mêmes erreurs que mon père. Un homme qui n'aime rien ne peut rien perdre.

Au cours des huit années précédentes, il avait travaillé dur pour s'établir en tant qu'investisseur sérieux. Il avait eu bien plus de chance que son père, et avait amassé une sacrée fortune. Les dames le regardaient à présent avec un intérêt non dissimulé, qu'il se plaisait à ignorer. Il n'avait pas besoin d'une femme, mais il n'aurait pas dit non à une nouvelle maîtresse. Sa demeure était parfois un peu solitaire. Il savait que la plupart des hommes n'installaient pas leurs maîtresses sous leur toit et leur rendaient simplement visite. Martin avait toujours préféré la proximité de ses compagnes aux règles de la société. Comme il recevait peu, il n'était pas très grave que ses maîtresses vivent dans sa maison de ville.

Cela faisait un moment qu'il n'avait pas eu de femme sous son toit. Martin broyait du noir de plus en plus fréquemment, et il n'aimait pas cela. Parfois, le seul remède était de rendre visite à sa sœur jumelle, Helen. Ses deux jeunes enfants, sa nièce et son neveu lui procuraient une joie infinie.

— Banks, par tous les diables, où étiez-vous ces derniers temps ?

Une voix familière et joviale tira Martin de ses sombres pensées. Un homme aux joues rouges et au sourire franc le regardait par-dessus son journal.

— Rodney !

Martin sourit, plia le journal et le mit de côté.

— Rejoignez-moi, voulez-vous ?

Il y avait beaucoup d'hommes que Martin pouvait considérer comme des amis, mais Rodney était plus proche d'un frère.

— Juste un instant. Je dois escorter ma femme à Bond Street. Il faut trouver des cadeaux aux enfants, vous comprenez.

Le plaisir de Rodney était évident à la chaleur avec

laquelle il prononça ces mots. Ses yeux brillaient de fierté paternelle. Martin fut surpris de ressentir un pincement au cœur, mais il enterra la douleur sous un autre sourire.

— Je ne vous ai pas vu depuis des mois, dit Martin. Avez-vous suivi la ligne de conduite que je vous ai suggérée concernant les annuités ?

Rodney acquiesça et prit place près de Martin, jetant un coup d'œil aux autres hommes dans la pièce.

— Absolument. Et cela a très bien fonctionné. C'est toujours le cas, en fait.

Rodney se tapa la cuisse et s'adossa à son fauteuil.

— Tant mieux. Heureux de l'entendre.

Martin connaissait Rodney depuis huit ans. Lors de leur première rencontre, l'homme était un peu joueur, mais il avait perdu cette habitude et s'était rangé, puis ses affaires avaient prospéré.

— Et vous ? Dites-moi, voyez-vous toujours cette chanteuse d'opéra ? Elle était charmante.

Martin gloussa.

— Stella et moi nous sommes séparés il y a quatre mois. Cela ne me dérangeait pas de l'entretenir, mais nous nous sommes lassés l'un de l'autre. Une fois que l'étincelle est partie, elle est partie, dit Martin avec un soupir. Mais elle se plaît bien à Paris, à ce qu'il paraît.

— Pourquoi ne sortiriez-vous pas avec moi ce soir ? Je retrouve des gentlemen à l'Argyll Rooms. Ils organisent une sorte de bal, et j'imagine qu'il y aura quelques tables de faro et de whist.

— Je ne sais pas. Qui devez-vous retrouver ?

— Lord Pentwith, Mr Smythebrooke et quelques autres. Venez, Martin, amusez-vous un peu ce soir.

Martin se caressa le menton d'un air pensif.

— Pourquoi pas.

Il pourrait toujours partir plus tôt si la soirée l'ennuyait.

— Splendide. Rendez-vous à l'Argyll Rooms à vingt et une heures.

Rodney se leva de son fauteuil et donna à Martin une tape dans le dos avant de prendre congé.

Pliant son journal, Martin décida qu'il était temps de faire de même. Il fit signe à l'un des employés, et le garçon alla chercher son chapeau et son manteau. En quittant le club, il respira l'air vif et froid de l'hiver, et regarda le ciel pourpre et le soleil couchant qui adoucissaient l'âpreté de la ville au crépuscule. Dans quelques heures, il serait à l'Argyll Rooms, et il aurait probablement l'occasion de faire la connaissance de quelques jolies dames cherchant à s'assurer un protecteur et un bienfaiteur. C'était un rôle qu'il serait heureux de remplir pour une jeune beauté entreprenante qui pourrait attirer son attention.

Lorsqu'il arriva à sa résidence de Park Lane, il était impatient de retrouver Rodney. Sa maison de ville lui avait coûté trente-trois mille livres, mais il l'avait embellie en la rénovant et en la meublant pour une centaine de milliers de livres supplémentaires, de sorte que c'était désormais une maison assez attrayante. Toute femme qu'il rencontrerait ce soir-là serait enthousiaste à l'idée de la partager avec lui pour un temps. La porte d'entrée s'ouvrit alors qu'il essuyait soigneusement ses bottes sur le grattoir pour les débarrasser de la glace du trottoir.

— Bienvenue à la maison, monsieur.

Mr Harris, son majordome, récupéra son chapeau et son manteau, les passant au premier valet de pied.

— Bonsoir, Harris. Prévenez Mrs Wilson que je sors ce soir et que je ne dînerai pas.

— Bien sûr, monsieur. Dois-je préparer votre voiture pour une certaine heure ?

— Vingt heures trente, je vous prie.

Il jeta un coup d'œil à la maison de style palladien avec son grand escalier de marbre blanc, imaginant une belle jeune femme montant les marches, prête à être conduite jusqu'à son lit.

Bon sang, cela faisait trop longtemps qu'il n'avait pas eu de femme sous son toit. Il serait bon d'avoir une nouvelle maîtresse, quelqu'un pour réchauffer son lit et lui tenir compagnie le soir autour d'un verre de sherry. Cela lui manquait vraiment. Martin grimpa les escaliers menant au premier étage et entra dans ses appartements.

Son valet, Will Byrd, s'occupait de la collection de tabatières dans une vitrine. Martin ne fumait pas de tabac à priser, mais il aimait collectionner ces boîtes magnifiquement décorées. Il y avait quelque chose dans les minuscules scènes en porcelaine peinte qui le fascinait.

— Bonsoir, Byrd, le salua-t-il.

Son valet hocha la tête et murmura une réponse polie.

— Je sors ce soir. Faites-moi couler un bain et préparez-moi des vêtements de soirée adaptés à l'Argyll Rooms.

— Bien, monsieur. Oh, une lettre est arrivée pour vous plus tôt dans la soirée.

Byrd lui tendit une lettre, qu'il prit. Il s'empara d'un coupe-papier en argent dans son secrétaire et ôta le cachet de cire. Il reconnut tout de suite l'écriture de sa sœur.

MARTIN,

J'espère que tout va bien. Les enfants vous réclament. Quatre mois, c'est bien trop long. Gareth et moi avons pensé que vous pourriez nous rendre visite à Noël. Je sais que vous n'aimez pas les fêtes de fin d'année, mais cela nous ferait plaisir aux enfants et à moi si vous veniez séjourner à la maison. S'il vous plaît, dites-moi que vous allez y réfléchir.

Bien à vous,

Helen

— OH, HELEN.

Il plia la lettre et la posa sur son bureau. Il avait fait le serment de ne jamais aimer personne, mais Helen était la seule exception à cette règle. Elle était sa jumelle, quelqu'un avec qui il avait partagé l'utérus maternel. C'était un lien indéfectible. Il avait des amis, comme Rodney, et des connaissances. Mais si ces amitiés s'envolaient, cela ne le briserait pas, pas comme perdre quelqu'un qu'il aimait comme Helen, Gareth ou les enfants.

— Très bien. Vous voulez que je vienne pour Noël, alors je viendrai.

Il ne faisait aucun doute qu'elle avait l'intention de lui présenter des jeunes femmes de Bath, mais il ne voulait pas que sa sœur joue les entremetteuses. Il ne laisserait pas les fêtes faire fondre son cœur de glace.

Rien ni personne ne pourrait jamais y parvenir.

2

Martin pénétra dans l'Argyll Rooms, à l'est de Regent Street, et jeta un coup d'œil à l'intérieur. Les fresques murales représentaient des piliers corinthiens. Des lampes grecques éclairaient le chemin. Il passa les élégantes baies vitrées accordéon de couleur pourpre et se joignit aux festivités. Les hommes et les femmes qui l'entouraient étaient bruyants. L'écho de leur gaieté rebondissait sur les murs, créant un tel vacarme qu'il pouvait à peine s'entendre penser.

Martin s'arrêta en arrivant à l'escalier principal. Le tissu vert sous ses pieds était couvert de motifs turcs. Il avait toujours apprécié l'élégance de l'Argyll Rooms. Mais plutôt que de profiter du spectacle, il entreprit de chercher Rodney dans la foule. L'ambiance festive et l'excitation des plaisirs de la nuit commençaient à le gagner. Un sourire se dessina sur ses lèvres, et il se mit à fredonner une chanson familière jouée par un orchestre dans la salle principale.

Puis son cœur s'arrêta et son monde bascula.

À l'entrée de la salle turque se trouvait un homme qu'il n'avait pas vu depuis ses dix-sept ans. Il eut l'impression de plonger dans un précipice. Edwin Hartwell, l'homme qu'il détestait plus que tout au monde, était là. Durant toutes ces années, ils ne s'étaient jamais croisés dans un club, à un bal ou à un dîner, mais il n'avait pas oublié son visage.

Hartwell n'était pas du genre à fréquenter la société, à moins qu'il ne soit à l'affût d'une opportunité de faire affaire, et pourtant il était là, parlant à un groupe de gentlemen. Martin sentit une rage froide s'emparer de ses entrailles et il se dirigea vers l'homme. Ses doigts le démangeaient, il avait envie de l'attraper, de le plaquer contre le mur et de l'étouffer.

Hartwell s'entretenait gravement avec un homme que Martin ne connaissait pas. Ils disparurent rapidement dans la salle turque, et Martin les suivit. La pièce sortait de l'ordinaire. Les élégants tapis et rideaux bleus mettaient en valeur des canapés ottomans répartis dans la pièce. Sous les plafonds magnifiquement peints, un aigle en or tenait un éclair entre ses serres. Un lustre massif était suspendu sous l'oiseau. Entre les canapés se trouvaient des tables de jeu soigneusement disposées. Des parties étaient déjà en cours. Les tables de jeu de hasard étaient entourées de gentlemen, la plupart habillés comme des dandys, qui se pavanaient en lançant des dés. On jouait à la mourre, au faro, au whist, et même au rouge et noir. Hartwell se tenait près de la table de rouge et noir.

Martin s'attarda à quelques tables de là, observant l'homme qui avait détruit sa famille. À l'époque, Hartwell était un homme d'une taille impressionnante, aux cheveux noirs et à la bouche tordue. Une figure cauchemardesque pour un jeune garçon.

À présent, ses cheveux étaient striés de gris, ses épaules étaient quelque peu voûtées, et son visage était marqué par une lassitude née de la lutte. La noblesse froide qu'il avait autrefois portée sur lui comme un bouclier s'était transformée en un combat pour la survie. La coupe de son manteau était lâche, comme s'il avait considérablement maigri, et le tissu était élimé. Hartwell était mal en point.

Le pouls de Martin s'emballa. Il se sentait comme un chien de chasse qui aurait senti l'odeur d'un renard et qui serait prêt à faire couler le sang.

Un groupe d'hommes abandonna la table de rouge et noir. Hartwell se pencha pour placer sa mise sur le losange rouge, l'air désespéré. Le croupier disposa deux rangées de cartes et s'arrêta lorsque ces dernières dépassèrent trente et un du côté noir de la table. Puis il fit de même pour le côté rouge. Les joueurs qui avaient misé sur le noir applaudirent et récupérèrent leurs gains. Le visage de Hartwell se décomposa et il se détourna de la table. Il passa au whist et s'assit sur un siège vide. Martin s'avança et prit le siège à côté de lui. Il s'attendait à voir de la frayeur ou de la colère dans le regard d'Ewin. Une émotion quelconque.

— Bonsoir, murmura Hartwell.

Cet homme ne me reconnaît même pas.

Après avoir tué sa mère et les avoir jetés dans le froid, il avait totalement oublié Martin. Pendant une seconde, cette pensée brûla comme un feu dans sa poitrine, mais il réalisa ensuite qu'il pouvait utiliser cela à son avantage. Il pourrait jouer contre lui et gagner. Les hommes désespérés, comme le garçon qu'il avait autrefois été, ne jouaient jamais bien. Quand un homme avait quelque chose à perdre, il était nerveux et moins concentré.

Un homme s'assit en face de lui. Ce serait son partenaire. Un autre s'installa face à Hartwell. La partie commença. Alors qu'on distribuait les cartes, treize chacun, Martin retint son souffle et observa attentivement son partenaire à la recherche d'indices et de signaux. Ils accumulèrent rapidement des points en leur faveur.

— Faites vos jeux, s'il vous plaît, demanda le croupier aux hommes.

Martin sortit plusieurs billets de cent livres, et la table se figea. Après une minute, les deux autres ajoutèrent des sommes correspondantes, puis ils regardèrent Hartwell. Le vieil homme se mordit la lèvre et regarda Martin.

— Accepteriez-vous une reconnaissance de dettes ?

Martin sourit lentement ; l'occasion qu'il avait tant attendue était enfin arrivée.

— En effet.

Il hocha la tête en signe d'approbation pour le croupier, et les autres firent de même.

C'était exactement ce qu'il voulait, qu'Hartwell lui soit redevable.

Le croupier distribua une main de cartes à chaque homme. La mise augmenta encore au fil de la partie. Martin et son partenaire reçurent d'autres points. Au moment où le pot dépassa les mille livres, les mains de Hartwell tremblaient clairement. Lorsque le croupier révéla la dernière carte, le visage de Hartwell perdit toutes ses couleurs et il abattit ses cartes sur la table.

— Je suis désolé, chuchota-t-il. Je ne peux pas jouer.

Les hommes à la table se figèrent et le croupier déclara Martin et son partenaire victorieux.

— Je vous paierai votre moitié de la reconnaissance

de dettes de cet homme, dit Martin à son partenaire alors qu'ils se levaient.

L'homme regarda le visage cendré de Hartwell et hocha la tête. Le partenaire de Hartwell soupira et paya ses dettes, tandis que Martin remboursait purement et simplement à son propre associé sa part de la dette de Hartwell.

— Merci, Mr...

Hartwell inclina la tête vers Martin.

— Martin Banks.

— Banks ? Nous sommes-nous déjà rencontrés ?

Les yeux du vieil homme se plantèrent dans les siens, à la recherche d'un souvenir qui lui échappait.

Martin le fixa avec un regard glacial.

— Oui. En effet. Je vous rendrai visite demain soir, et nous discuterons alors de votre dette.

— Banks ?

Il était clair qu'Edwin avait encore du mal à faire le lien. Martin le laisserait y réfléchir pendant la nuit.

Son sang martelait ses tempes tandis qu'il luttait pour garder le contrôle.

— Vous devriez vous inquiéter de la façon dont je vais recouvrer votre dette.

C'est moi qui mène la danse. L'achever maintenant ne servirait à rien.

Hartwell tituba, renversant sa chaise.

— S'il vous plaît, je peux trouver un moyen de vous payer... Je vous en supplie !

Hartwell lui attrapa la manche.

Martin fixa sa main, et Hartwell s'empressa de le relâcher.

— Comme je l'ai dit, je viendrai vous voir demain soir, répéta-t-il. Nous discuterons des termes du paiement à ce moment-là.

Martin s'éloigna, ses mains tremblant alors qu'il essayait de se calmer.

Bientôt, il aurait sa revanche.

LAVINIA HARTWELL ÉTAIT PERCHÉE SUR UNE banquette derrière la fenêtre donnant sur Duke Street, un livre dans une main et une tasse de thé dans l'autre. Elle était perdue dans les pages d'un roman gothique à sensations, *Lady Leticia et le Duc sombre* de L. R. Gloucester.

Lavinia, ou Livvy comme elle préférait être appelée, trouvait ces deux personnages particulièrement fascinants. Il y avait quelque chose de charmant dans le fait qu'un homme à la beauté ténébreuse joue le rôle d'un héros réticent et qu'une jeune femme se batte courageusement pour se sauver d'un méchant. Sa vie n'était pas aussi intéressante que le roman qu'elle tenait.

À dix-huit ans, elle venait tout juste de vivre sa première saison et n'avait pas encore rencontré de gentleman lui rappelant le duc sombre de son livre. Il y avait de nombreux hommes agréables, bien entendu, et beaucoup trop de libertins. Il y avait aussi les fripons occasionnels, mais aucun ne lui avait fait tourner la tête. C'était quelque peu stupide, elle le savait, mais elle espérait tomber follement amoureuse d'un homme comme celui que Leticia avait rencontré. Sa mère l'avait prévenue que la plupart des mariages en Angleterre n'étaient pas des mariages d'amour. C'était dans l'ordre des choses.

Pourtant, j'aimerais en faire un.

Elle leva les yeux de son livre et jeta un coup d'œil entre les vieux rideaux épais de la fenêtre où elle était assise. Les rues sombres derrière la fenêtre étaient éclairées par quelques lampes à gaz vacillantes, conférant une impression sinistre au paysage urbain. Livvy ferma son livre et termina son thé. Au moment où elle quittait la banquette, elle entendit le cri de son père dans le hall.

— Elizabeth ! Il est là !

La voix d'Edwin résonna assez fort pour faire trembler la porte de la bibliothèque.

Livvy se précipita hors de la pièce et s'arrêta en haut des escaliers. Son père avait une discussion animée avec sa mère près de l'entrée. Livvy tendit l'oreille.

— Edwin, comment avez-vous pu le laisser venir ?

s'étrangla Elizabeth. Hier soir, vous aviez promis que vous régleriez nos soucis à l'Argyll Rooms, mais vous avez perdu tout ce que nous avions. Je ne veux pas de cet homme dans ma maison !

Le visage de sa mère était pâle, et elle tordait sauvagement un mouchoir dans ses mains, abîmant la fragile dentelle.

Tout perdu ? Les mots n'avaient pas de sens. Livvy essaya de les assimiler.

— Il possède *tout*, Elizabeth. Nous *devons* le recevoir. Je vais le supplier de faire preuve de clémence.

Son père fit un signe de tête au majordome.

— Conduisez-le dans le salon, Howell.

Howell, leur majordome, s'empressa d'ouvrir la porte pour laisser entrer cet oiseau de mauvais augure.

Livvy se baissa derrière la balustrade, prise du besoin soudain de se cacher. La conversation entre son père et sa mère la tourmentait. Son père avait donc joué tous leurs biens à l'Argyll Rooms la veille au soir ? Une peur glaciale la saisit, chassant l'air de ses poumons.

On allait tout leur prendre. *Ma maison, mes vêtements... mes livres ?*

Toutes ses chances de trouver un bon parti cette saison s'envolaient. Son père était un simple gentilhomme, mais sa mère était la fille d'un duc, ce qui faisait de Livvy la petite-fille d'un duc et la rendait donc particulièrement intéressante. Bien que le titre de son grand-père ne puisse lui être transmis, les liens de sa famille avec la noblesse étaient toujours appréciés. Mais le scandale de la destitution ternirait cet avantage.

Son grand-père, le duc de Sussex, était un homme merveilleux et apprécié. Pourquoi ses parents ne lui avaient-ils pas demandé de l'aide ? Il avait laissé sa mère se marier par amour. Il ne refuserait sûrement pas de l'aider si elle avait des problèmes d'argent ? Livvy se mordit la lèvre. La fierté de sa mère pourrait bien être le problème.

Howell ouvrit la porte, et Livvy observa depuis sa cachette l'homme entrer dans sa maison. Ses cheveux blonds dorés étaient saisissants et ses traits étaient ceux d'un ange déchu ou d'un héros byronien.

— Par ici, Mr Banks. Mon maître va vous recevoir.

Howell escorta l'homme dans le salon. Livvy chercha ses parents, mais ils étaient dans le bureau de son père.

Après un moment, son père apparut et disparut tout aussi rapidement dans le salon. Howell se tenait dos à la porte comme une sentinelle. Livvy abandonna sa cachette et se précipita dans les escaliers. Quand Howell la vit, elle mit un doigt sur ses lèvres. Il hocha la tête et s'écarta. Elle colla son oreille à la porte.

— Comme je vous l'ai dit hier soir, Mr Hartwell, je dispose désormais d'une reconnaissance de dettes de quatre mille livres à votre nom. Je veux que vous et votre femme quittiez cette maison d'ici demain, et je la vendrai d'ici Noël pour rembourser la dette que vous me devez. Je crois savoir que cette maison appartient toujours en partie à Drummonds ?

— Oui.

La voix de son père était faible, brisée.

— Je rachèterai les intérêts de la banque et vendrai la maison à ce moment-là, dit Banks d'une voix calme et égale.

Sans émotion.

Livvy savait qu'elle devait intervenir. Cet homme avait sûrement une once de décence et de pitié en lui. Elle ouvrit la porte du salon et se précipita à l'intérieur.

— S'il vous plaît ! s'exclama-t-elle en faisant face à l'homme qui se tenait près de la cheminée.

Il était plus grand qu'elle ne l'avait réalisé, à tel point qu'il la dominait totalement quand elle s'approcha de lui. Ses yeux bleus perçants brillaient à la lueur du feu.

— S'il vous plaît, répéta-t-elle plus doucement, son cœur battant à présent la chamade. Laissez à mon père le temps de vous rembourser ce qu'il vous doit. C'est bientôt Noël...

Elle craignait que ses prières ne tombent dans l'oreille d'un sourd, car Banks continuait à la fixer. Ses larges épaules et ses vêtements raffinés témoignaient de sa richesse. Il n'avait certainement pas besoin de leur argent. Elle se sentait très jeune et stupide, debout devant lui dans sa robe vieille de deux ans, à l'ourlet refait à deux reprises et dont la couleur avait pâli à force d'être portée. Cela ne l'avait pas dérangée auparavant, mais à présent ? Elle se sentait bien bête face à cet homme beau et élégamment habillé.

Ses yeux s'attardèrent sur elle, passant de son visage à ses ballerines avant de remonter. Elle aurait presque senti des mains invisibles la toucher.

— Hartwell, qui est cette créature *enchanteresse* ?

Ses lèvres, auparavant pincées, s'adoucirent en un lent sourire séduisant.

— C'est ma fille, Lavinia.

— Livvy, corrigea-t-elle automatiquement, et une vague de chaleur gagna son visage.

— Une fille... murmura Banks en posant une main sur la cheminée en marbre. Cela change la donne.

L'espoir fleurit en elle, et elle commença à sourire.

— Alors, me laisserez-vous le temps de vous rembourser ?

Son père s'approcha d'elle tout en parlant à Mr Banks, posant une main sur son épaule.

Le regard de Banks se posa sur elle, puis glissa vers son père.

— Non.

— Mais...

Livvy fut coupée.

— J'ai décidé d'accepter une autre forme de

remboursement vous permettant de garder votre maison.

Les doigts de son père s'enfoncèrent dans son épaule.

— Non. Tout sauf cela, grogna-t-il. Prenez la maison.

— Tout sauf quoi ? insista Livvy.

Elle ne comprenait pas pourquoi son père était si bouleversé.

— Vous, ma chère, dit Banks avec suffisance. Il veut dire tout sauf *vous*.

Elle essaya de lutter contre son désarroi.

— Moi ? Mais comment pourrais-je vous rembourser ?

Voulait-il dire que si elle se mariait bientôt, elle pourrait convaincre son mari de payer la dette de son père ?

— Délicieusement innocente. Comme c'est charmant.

Le ton de Banks était empreint d'un amusement sardonique qui la fit se hérisser.

Son père s'interposa entre elle et Banks.

— Prenez la maison, Banks. Vous n'aurez pas ma fille. Elle a des perspectives de mariage et une belle vie devant elle.

Banks tambourina sur la cheminée et fit face au feu une fois de plus.

— Je pourrais anéantir ces perspectives. J'ai le bras plus long que vous ne le pensez.

— J'ai cru comprendre. Vous êtes le fils de William Banks, n'est-ce pas ? demanda son père.

— Vous faites enfin le lien.

Livvy ne comprenait pas. Elle les regarda successivement, confuse.

— Qui est William Banks ?

Pendant un moment, elle crut que ni son père ni Mr Banks n'allaient lui répondre.

— Un homme qui devait de l'argent à votre père. Votre père nous a chassés de notre maison. Ma mère est morte cette nuit-là, quelques minutes après qu'il nous ait laissés sans rien. Il me l'a prise, et à présent, le destin a estimé qu'il était temps pour moi de lui rendre la pareille et de lui prendre quelque chose. À savoir vous, ma chère.

Elle resta abasourdie et son regard glissa entre son père, qui semblait accablé de chagrin, et cet homme froid, Mr Banks. Livvy étudia son profil élégant, et ce ne fut qu'alors qu'elle comprit ce qu'il suggérait. Il la voulait *elle*, et non l'argent d'un futur mari. Et il n'y avait qu'une seule raison pour qu'un homme dans sa situation veuille d'elle alors qu'il était clair qu'il n'avait pas l'intention de l'épouser.

Elle enfouit sa peur du mieux qu'elle put et fit bonne figure.

— Si vous m'emmenez, considérerez-vous les dettes de mon père comme entièrement payées ? demanda-t-elle.

Son corps trembla alors qu'elle se rendait compte de ce qu'elle envisageait : se donner à cet homme pour sauver sa famille.

— Livvy, c'est hors de question.

Son père la regardait avec un mélange de peur et de colère dans les yeux. Elle le dépassa pour se retrouver face à Mr Banks.

— Eh bien ? demanda-t-elle.

Il croisa les bras sur sa poitrine, l'air renfrogné.

— Oui. Vous en échange de la totalité de la dette.

Il la fixait avec une telle intensité qu'elle en frissonna d'effroi.

Elle s'éclaircit la gorge.

— Quelles sont vos conditions ?

Il se caressa le menton, semblant réfléchir à la question, mais elle sentit qu'il avait déjà une réponse.

— Vous serez à moi aussi longtemps qu'il me faudra pour me lasser de vous.

Des vrilles glacées s'enroulèrent autour d'elle, la paralysant. Combien de temps cela prendrait-il pour qu'il se lasse et la laisse rentrer chez elle ?

— Non, dit son père. Elle ne partira pas avec vous. Livvy, va rejoindre ta mère dans mon bureau.

Elle aurait aimé pouvoir obéir à son père. Plus que tout au monde, elle aurait voulu fuir cette situation terrible à laquelle elle consentait. Mais elle n'était plus une enfant. Elle ne pouvait pas se cacher derrière les jupes de sa mère et laisser sa famille être ruinée. Ses parents avaient beaucoup sacrifié pour elle au fil des ans. Il était de son devoir de leur rendre la pareille.

— Non, père, dit-elle doucement, puis elle regarda Mr Banks dans les yeux.

Son sang battait si fort dans ses oreilles qu'elle pouvait à peine entendre sa propre voix.

— J'accepte vos conditions.

＃ 3 ＃

— Livvy, c'est hors de question.

Son père la saisit par les épaules et la secoua légèrement.

— Père, je *dois* le faire. Je ne peux pas vous laisser, mère et toi, être jetés à la rue. Il est en mon pouvoir de vous sauver.

Elle jeta un coup d'œil à Mr Banks et le vit sourire, comme si ce dilemme l'amusait.

— La dame a fait son choix, Hartwell. Elle vient avec moi. Ce soir.

— Ce... Ce soir ?

Elle s'étouffa sur ce mot.

— Oui, ce soir.

La froideur de sa réponse lui donna le vertige

— Je ne suis pas prête. Je ne peux pas...

— Ce soir, répéta-t-il. Vous pouvez prendre une valise, mais n'apportez pas plus que quelques robes. Vous n'en aurez pas besoin. Je vous fournirai des vêtements adaptés à votre position de nouvelle maîtresse. Et vous ne bénéficierez pas d'une maison séparée. Vous logerez sous mon toit afin que je puisse vous avoir à ma disposition.

— Banks, espèce de canaille !

Son père se jeta sur lui, les poings levés. Mr Banks semblait également prêt à se battre.

Livvy bondit entre eux, posant une main sur la poitrine de son père et une autre sur Banks pour les séparer.

— Non ! Mr Banks, puis-je parler à mon père seul à seul ?

Il baissa les poings et lissa son gilet.

— Allez-y. Je vais retourner à ma voiture. Rejoignez-moi quand vous serez prête.

— J'arrive, promit-elle en croisant ses yeux d'un bleu glacial.

Il acquiesça d'un signe de tête rapide, puis quitta la pièce.

— Livvy...

La voix de son père s'adoucit. Il lui serra les épaules et l'attira dans une étreinte féroce.

— Tu ne dois pas y aller.

Elle le serra dans ses bras, mais sa décision était

prise.

— Je dois le faire, père. Il va nous enlever notre maison. Je sais que mère et vous avez économisé ces dernières années, mais cela n'a pas suffi, n'est-ce pas ? Nous avons perdu la plupart de nos domestiques il y a longtemps, et nous pouvons à peine nous permettre de nouveaux vêtements et...

—Je sais.

Son père lui coupa la parole, sans brutalité. Le chagrin et le regret ternissaient la flamme dans ses yeux.

— Mais c'est de ma faute. C'est moi qui devrais être puni, pas toi. J'ai fait une erreur il y a de nombreuses années. Je lui ai pris sa maison. Son père me devait environ huit mille livres, et je...

Il s'étouffa avec ses mots.

— J'étais désespéré. J'avais mes propres dettes à payer, alors je les ai expulsés. Il devait être jeune à l'époque, 17 ou 18 ans.

— Vous... vous lui avez fait cela ?

L'horreur s'empara de son cœur, et elle ne put croiser son regard.

— Vous avez bien entendu. J'ai eu tort, mais il est trop tard pour faire amende honorable. Cet homme dehors ne me pardonnera *jamais*. Tu ne dois pas l'accompagner. Il sera cruel avec toi. Il pourrait...

Edwin ne termina pas sa phrase.

— Je pense que sa cruauté n'est pas d'ordre physique, père.

C'était une intuition, peut-être un espoir stupide, mais il y avait quelque chose chez Mr Banks qui semblait suggérer qu'il aurait davantage la langue acérée que la main facile. Et elle pouvait gérer ce trait.

— Père, vous avez pris soin de moi toutes ces années. Laissez-moi vous aider à présent.

Elle l'embrassa sur la joue et s'enfuit du salon avant qu'il ne puisse l'arrêter.

Elle se précipita à l'étage, essayant de penser à tout ce qu'elle devait mettre dans ses bagages. Lorsqu'elle arriva dans sa chambre, elle prit une valise dans l'armoire et commença à la remplir de bas, de chemises, de trois robes, d'un petit miroir à main, d'épingles à cheveux, de bottes noires et d'une paire de ballerines. Il lui faudrait s'en contenter. Puis elle descendit sa valise et s'arrêta en passant devant la bibliothèque.

Un livre ! Elle devait absolument en prendre un. Ce serait son seul allié, son seul moyen de s'échapper. Elle récupéra le livre qu'elle lisait, *Lady Leticia et le Duc sombre*, et le rangea soigneusement dans ses bagages. Puis elle se dirigea vers la porte d'entrée.

Son père apparut dans l'embrasure de la porte du salon, les yeux embués et le visage pâle. Elle posa sa valise et l'embrassa une dernière fois.

— Tout ira bien, père. Je vous écrirai une fois que je serai installée.

— Ne t'en va pas. Reste, supplia-t-il encore en prenant son visage entre ses mains.

Elle lui tapota la main avant de cligner des yeux et de faire un pas en arrière.

— Dites à mère de ne pas s'inquiéter.

Puis elle dévala les marches jusqu'à la voiture qui attendait.

Un beau jeune homme attrapa sa valise qu'il fixa à l'arrière de la voiture avant d'ouvrir la portière et de l'aider à entrer. Elle s'assit en face de Banks. Il l'observait derrière ses paupières tombantes. Elle pouvait à peine le distinguer dans la faible lumière.

— Alors votre père vous abandonne après tout ? J'ai toujours su que c'était un lâche.

Ses paroles méprisantes lui brisèrent le cœur encore plus profondément. Sans réfléchir, elle se pencha et le gifla.

— C'était mon choix de vous accompagner. Ne vous avisez plus de parler de mon père en ces termes. C'est *vous* le lâche, à le faire chanter de la sorte.

Banks toucha sa joue en la regardant fixement.

— Votre père a conduit ma mère à la mort. Je dirai ce que je veux de lui.

Sa mère était morte ? Elle se mordit la lèvre, ne

sachant que dire. Elle refusait d'accepter que son père soit responsable d'une telle chose.

Ils restèrent silencieux pendant un long moment avant qu'il ne parle, plus doucement cette fois.

— Tant que vous serez avec moi, nous ne parlerons pas de lui.

— Merci.

Elle n'avait pas vraiment remporté une bataille, mais cela lui donnait assez de courage pour essayer de négocier.

— Je vous accompagne de mon plein gré, et je souhaite discuter des termes de notre arrangement.

Mr Banks se pencha légèrement en avant.

— Tout est déjà réglé, mais je suis curieux d'entendre ce que vous avez à dire.

— Vous ne devrez révéler à personne ma présence chez vous. Je dois sauver le peu de réputation qu'il me reste si je compte me marier après cet... intermède.

Elle marqua une pause, et, voyant qu'il ne l'interrompait pas, elle continua :

— Je sais qu'il est impossible de ne pas être vue en société, mais je vous demanderais de ne pas m'exhiber comme un trophée. Et si nous devons sortir en société, il me faudra des vêtements décents. Ce que j'ai apporté ne suffira pas. Je n'ai pas besoin de tenues onéreuses, simplement pratiques, et il ne m'en faut pas beaucoup.

Ses vêtements usés attireraient bien plus l'attention

que l'homme à son bras. D'une certaine manière, une femme appauvrie était pire qu'une femme déchue. Les hommes percevaient deux types de désespoir très différents chez ces femmes. L'un pouvait apporter un bénéfice mutuel, l'autre moins.

— Autre chose ? demanda Mr Banks.

— Je vous demande de ne pas m'emprisonner chez vous. J'aimerais avoir la liberté de sortir, de prendre l'air, de ne pas être enfermée dans une chambre toute la journée.

Elle refusait d'être traitée comme un jouet destiné à satisfaire son bon plaisir. Elle avait besoin d'un peu de liberté, sans quoi elle deviendrait folle.

— Cela ne me semble pas déraisonnable.

— Quant à ma dernière requête : une fois que nous nous serons séparés, nous ne chercherons plus jamais à nous revoir. Je ne veux aucun souvenir de nos jours passés ensemble. Je pense qu'il en sera de même pour vous.

Martin lui tendit la main.

— Ces conditions me semblent tout à fait justes. J'accepte.

Elle lui serra la main, soulagée. La situation était plus tolérable à présent qu'elle avait repris un peu de contrôle sur sa vie. Il ne relâcha pas immédiatement sa main et elle fut troublée par sa chaleur et la façon dont leurs paumes s'imbriquaient. Finalement, elle retira sa main la première et il n'insista pas.

— Je vous laisserai vous installer ce soir. Demain, je vous achèterai des vêtements plus appropriés à votre nouvelle position.

Ma position de maîtresse... Livvy ferma les yeux tandis que son cœur s'emballait. Quand elle les rouvrit, il la regardait à nouveau. Elle tressaillit.

— Sachez toutefois que je n'ai pas l'intention de vous forcer à partager mon lit.

Elle fut prise au dépourvu.

— Mais je pensais... ?

— Oui, vous serez ma *maîtresse*, mais une telle relation ne se limite pas à la chambre à coucher. Et très franchement, je n'ai aucun intérêt pour une partenaire réticente. Je trouve cette idée... désagréable.

Livvy ne savait que répondre. Avant qu'elle ne puisse dire quoi que ce soit, il lui adressa un sourire carnassier.

— Toutefois...

Ses yeux se fixèrent sur sa bouche.

— Je suis certain que vous succomberez à mes charmes en temps voulu. Je n'ai jamais laissé une amante insatisfaite.

Devant son ton suffisant, elle se mordit la langue pour éviter de dire ce qu'elle ressentait vraiment. Il *ne pouvait rien* faire pour la convaincre de l'aimer, et encore moins de coucher avec lui, même s'il était très séduisant.

C'était une transaction commerciale. S'il choisissait de jouer les grands seigneurs et de ne pas s'imposer à elle, elle aurait une meilleure opinion de lui lorsque ce cauchemar serait terminé. Rien de plus.

La voiture s'arrêta devant une maison de ville sur Park Lane. Mr Banks en sortit en premier et lui tendit la main. Elle leva le menton en signe de défi et s'appuya sur la porte de la voiture.

Il poussa un soupir mécontent.

— Ne soyez pas stupide.

Il l'attrapa par la taille et la fit sortir. Elle poussa un petit hoquet de stupeur alors qu'il la soulevait facilement et la posait par terre. Elle trembla alors que leurs corps se pressaient l'un contre l'autre. Elle n'avait jamais été aussi proche d'un inconnu auparavant. C'était excitant, pourtant elle ne *voulait* pas être proche de lui. C'était un misérable, malgré sa beauté.

Elle se punit intérieurement de s'être laissée distraire par son apparence. Son comportement n'était pas excusable. Pourtant, elle ne parvenait pas à oublier ce qu'il avait dit sur son père. Elle aimait son père, même si elle savait qu'il avait jeté cet homme à la rue et conduit sa mère à une mort précoce.

Si je peux pardonner à mon père, je peux peut-être apprendre à tolérer cet homme. Son corps était plus que disposé à le tolérer. Elle se sentait comme une ingénue à peine sortie de l'école, prête à se pâmer devant sa beauté, et elle méprisait cette partie d'elle-même qui était si inexplicablement attirée par lui.

— S'il vous plaît, lâchez-moi.

Elle ajouta seulement *s'il vous plaît* pour paraître plus complaisante. Il avait peut-être obtenu d'elle qu'elle soit sa maîtresse, mais elle n'avait pas peur de lui.

Banks la tint quelques longues secondes de plus, puis la relâcha. Il se retourna vers la maison et monta les marches. Un majordome lui ouvrit la porte et les deux hommes discutèrent brièvement. Le majordome l'observa avant que Martin n'entre sans même lui adresser un regard. Un valet de pied descendit les marches et prit sa valise, puis se précipita à l'intérieur.

Livvy fixa la belle façade palladienne de la maison où elle resterait aussi longtemps que Banks le voudrait.

J'espère qu'il se lassera vite de moi. Auquel cas, elle pourrait rentrer chez elle. Reprendre le cours de sa vie, bien que ternie lorsque Londres apprendrait qu'elle était passée du statut de débutante innocente à celui de femme déchue. Elle ne voulait pas penser au scandale si quelqu'un apprenait qu'elle vivait avec lui plutôt que d'être cachée dans un nid d'amour dans un autre quartier de Londres.

Elle souleva ses jupes et monta les marches de sa nouvelle maison. Sa gorge se serra, et elle essaya de ne pas pleurer. Elle ne lui offrirait pas la satisfaction d'une quelconque faiblesse. En entrant dans la maison, elle se retrouva face à un homme à l'air affable, Mr Harris, qui se présenta comme le majordome.

— Si vous avez besoin de quoi que ce soit, il vous suffit de me prévenir ou d'en informer Mrs Wilson, la gouvernante, dit-il. Le maître m'a informé que vous auriez besoin d'une femme de chambre. Mellie, l'une des meilleures, vous assistera.

— Merci.

Elle jeta un coup d'œil dans l'entrée, mais Mr Banks était déjà parti. Elle se détendit quelque peu. Peut-être la laisserait-il tranquille ce soir-là. Elle ne pouvait que l'espérer. Elle n'avait aucune envie d'avoir un quelconque aperçu de ses « charmes » ce soir-là.

— Puis-je vous escorter jusqu'à votre chambre, Miss Hartwell ?

— Oui, merci.

Elle suivit le majordome jusqu'à l'étage. Il ouvrit la première porte en haut des escaliers. Livvy eut le souffle coupé. La chambre était décorée dans un style égyptien. Le cadre du lit en acajou était gravé de hiéroglyphes, et des motifs de nénuphars et de fleurs de lotus peints à la main couvraient les murs. La coiffeuse avait des sphinx en guise de pieds et se trouvait près d'une grande baie vitrée. De riches rideaux de mousseline bleue étaient suspendus au-dessus du lit depuis le baldaquin, et un couvre-lit assorti était brodé de lions, de serpents, de sphinx et de crocodiles.

— Oh... murmura-t-elle, stupéfaite par l'ameuble-
ment exquis et les décorations extravagantes.

Toute personne dormant dans cette pièce devait se
prendre pour Cléopâtre attendant la visite de son amant
Jules César. Pendant un bref instant, son esprit fut
assailli d'images d'elle allongée sur le lit dans une robe
égyptienne scandaleuse et d'un homme se tenant au-
dessus d'elle, enlevant une armure de bronze pour
révéler une poitrine tout aussi ciselée — un homme qui
ressemblait à Banks. Rougissant devant ses pensées
érotiques, elle se détourna de Mr Harris.

— La chambre vous convient-elle ? demanda-t-il.

— Oui.

Elle s'éclaircit la gorge.

— Elle est tout à fait suffisante.

— Il y a un cordon près du lit. N'hésitez pas à sonner
si vous avez besoin de quelque chose.

Les yeux de Harris étaient chaleureux et affables, et
elle y lut un soupçon de pitié, comme s'il savait qu'elle
n'était pas là de son plein gré. Elle ne pouvait s'empêcher
de se dire qu'elle n'était peut-être pas la première femme
qu'il faisait chanter pour qu'elle vive avec lui.

— Merci, Mr Harris. Est-ce que ce serait abuser de
votre gentillesse de vous demander du thé et des
biscuits ? Je suis affamée.

— Je m'en occupe.

Il s'inclina et attendit que le valet de pied entre avant de partir. Le jeune homme posa sa valise sur le lit.

— Dois-je déballer vos affaires, miss, ou voulez-vous attendre une femme de chambre ? proposa-t-il poliment.

— Oh non, je vais m'en occuper. Merci.

Elle ne voulait pas qu'il voie ses bas déchirés et raccommodés ou les tissus délavés de ses robes. La honte lui comprimait la gorge. Si elle devait porter ses vêtements modestes, lui et le reste de la maison verraient à quel point elle était inapte à vivre dans une telle demeure, mais elle voulait retarder ce moment le plus longtemps possible.

— Très bien. Bonne nuit, miss.

Le valet de pied la laissa seule, et elle ouvrit sa valise. La vue de son livre la remplit de joie.

Elle le prit et le serra contre sa poitrine.

— Mon seul ami.

— Votre seul ami ?

Elle se retourna et découvrit Mr Banks, qui se tenait dans l'embrasure de la porte, appuyé contre le montant. Elle devinait ses contours grâce aux lumières du couloir donnant sur sa chambre. Cela intensifiait son air dominant, et elle frissonna, reculant d'un pas. Elle se heurta au lit derrière elle et se figea lorsqu'elle réalisa qu'elle ne pouvait plus reculer sans grimper sur le lit.

— Vous dites que votre seul ami est un livre ? C'est affreux.

Il s'éloigna de la porte. Il ne l'observait pas depuis longtemps, mais il l'avait entendue chuchoter.

— Ce doit être un livre exceptionnel pour que vous le serriez de façon si protectrice contre votre poitrine. Laissez-moi voir.

Il tendit la main. Pendant un instant, Livvy craignit qu'il ne le lui arrache pour le jeter dans la cheminée.

—Je ne vous le prendrai pas. Vous méritez un peu de réconfort pendant votre séjour. J'ai une vaste bibliothèque au bout du couloir à votre disposition.

Il tendit la main.

— Puis-je ?

Avec une respiration tremblante, Livvy lui tendit le roman. Il examina sa tranche et laissa échapper un petit rire.

— Un roman gothique ? Savez-vous que je n'en ai jamais lu ? J'ai toujours pensé qu'ils étaient plutôt stupides.

— Ils ne sont pas stupides, rétorqua Livvy, puis elle s'interrompit.

Je ne devrais pas lui répondre. La dernière chose dont j'ai besoin est de le mettre en colère. Avec sa carrure, il pourrait facilement la blesser s'il s'énervait. Toutefois, elle sentait qu'il ne se servirait pas de son physique, mais plutôt de ses mots.

Il avait les yeux rivés sur elle. Ses lèvres formaient une ligne ferme avant qu'il ne prenne la parole.

— Je ne vous ferai pas de mal, Miss Hartwell, si c'est ce que vous craignez. N'hésitez pas à dire ce que vous pensez. Je n'ai jamais aimé que mes maîtresses soient muettes comme des carpes.

Livvy était bien des choses, et si elle n'était pas particulièrement bavarde, elle n'était pas non plus une carpe.

— Vous devriez peut-être le lire, Mr Banks. Un roman gothique peut être passionnant, et cet auteur est excellent.

Il ouvrit le livre et lut un paragraphe avant de le refermer.

— Eh bien, si je le prends pour le lire, vous perdrez votre seul ami. Souhaitez-vous voir la bibliothèque ? Vous pourrez choisir un autre livre pour vous tenir compagnie pendant que je lis celui-ci.

La gorge de Livvy se serra alors qu'elle le suivait. La bibliothèque, qui était en fait une chambre à coucher convertie en un monde d'histoires, n'était qu'à trois portes de sa chambre et était beaucoup plus grande que ce à quoi elle s'attendait. Des étagères du sol au plafond, regorgeant de livres, tapissaient les murs. Deux fauteuils et une table de lecture se trouvaient près d'une cheminée. C'était une pièce confortable et accueillante. Elle se dirigea immédiatement vers les étagères et parcourut les titres jusqu'à ce qu'elle trouve un livre qu'elle avait déjà lu : *L'Abbaye de Northanger* de Jane Austen. Il s'agissait d'une satire des romans gothiques, mais ce soir-là, elle avait vraiment besoin du réconfort de la jeune héroïne, Catherine Moreland.

Banks la rejoignit devant l'étagère. Elle sentit la chaleur de son corps.

— Qu'avez-vous choisi ? demanda-t-il.

Elle se crispa, s'attendant à ce qu'il la touche. Voyant qu'il n'en faisait rien, elle se retourna et lui fit face.

Pourquoi fallait-il qu'il soit si beau ?

— Eh bien ? demanda-t-il plus doucement.

Il baissa les yeux vers ses lèvres, et elle s'empressa de relever le livre entre eux comme un bouclier. Il le lui prit et l'examina.

— Austen ? Ce n'est pas un mauvais choix.

Il lui rendit le livre.

— Austen a énormément de talent, protesta-t-elle, trouvant son éloge bien trop faible.

Il appuya une épaule contre l'étagère à côté d'elle, son sourire s'élargissant.

— Je suis d'accord.

Livvy s'éclipsa, n'appréciant guère que son corps s'embrase dès qu'elle était à proximité de lui.

— Puis-je me retirer pour la nuit ? demanda-t-elle sans le regarder.

— Venez d'abord ici.

Le cœur battant, elle revint se placer devant lui. Banks lui prit le menton.

— Je vais vous voler un baiser de bonne nuit. Si vous

n'aimez pas, vous pouvez me gifler. Je ne serai pas en colère contre vous, je vous le promets.

Il enroula un bras autour de sa taille, l'attirant contre lui, pressant leurs corps l'un contre l'autre.

Elle ferma les yeux et sentit ses lèvres sur les siennes. Son parfum chaud et riche lui chatouilla le nez. Personne ne l'avait jamais embrassée et ne savait pas à quoi s'attendre, mais c'était... agréable. Plus qu'agréable. En sentant sa bouche sur la sienne, sa poitrine se serra et son cœur se mit à palpiter d'une étrange excitation. Quand sa langue traça la courbe de ses lèvres, elle poussa un hoquet de surprise. Il utilisa sa surprise à son avantage et glissa sa langue dans sa bouche. Un éclair de chaleur la traversa, et elle eut l'impression que la terre elle-même tremblait avec elle. Ses genoux fléchirent et il la retint.

Le livre qu'elle tenait tomba par terre et elle s'accrocha à sa chemise. Un sentiment qu'elle comprenait à peine pulsait en elle. Son tendre baiser se fit plus féroce, juste assez pour qu'elle puisse sentir la puissance d'être piégée dans ses bras. Cela ne la dérangeait pas, même s'il l'embrassait sans pitié. Elle avait l'impression d'être dans un rêve et ne voulait pas affronter la réalité : elle appréciait le baiser de cet homme qui l'avait forcée à devenir sa maîtresse juste avant Noël.

Leurs lèvres se séparèrent. Un frisson la parcourut, mais ce n'était pas de la peur. Comment pouvait-il l'em-

brasser de la sorte et lui donner envie de bien davantage ? Elle aurait voulu les détester, ses gestes et lui, mais
il n'en était rien.

Banks prit son visage entre ses mains.

— Vous avez le goût de la douceur et de l'innocence.
Cela éveille mon appétit, dit-il d'une voix grave et sulfu-
reuse qui réveilla ses sens.

— Je...

Mais elle ne savait pas quoi dire.

— Oui. Nous allons très bien nous entendre.

Il se pencha, récupéra son livre et le plaça dans ses
mains.

— Maintenant, allez vous coucher avant que je ne
change d'avis.

Livvy tourna les talons et s'enfuit de la bibliothèque
pour retourner dans sa chambre. Elle sursauta à la vue
d'une femme de chambre qui portait un plateau et se
tenait près de son lit.

— Je ne voulais pas vous faire peur, miss, dit-elle avec
un accent écossais.

Elle avait de beaux cheveux roux avec des boucles qui
s'échappaient de son chignon, et des yeux bleus joyeux.
Elle posa le plateau de nourriture sur la table près de
Livvy.

— Ne vous en faites pas. Je ne m'attendais simplement pas à voir qui que ce soit. Vous m'avez prise par
surprise.

Elle posa le livre sur le lit et regarda le plateau de nourriture. Son estomac gargouilla assez fort pour que la femme de chambre l'entende.

Elle gloussa.

— Je me suis dit que vous auriez peut-être faim, miss. J'ai apporté de la soupe, un peu de viande, du fromage, et du vin. Je vais tout vous sortir.

— Merci, hum…

— Mellie.

— Moi, c'est Lavinia, mais s'il vous plaît, appelez-moi Livvy.

La femme de chambre rougit.

— Oh, je ne peux pas, le maître serait furieux, miss…

— Hartwell. J'aimerais que vous m'appeliez Livvy quand nous sommes toutes les deux. J'ai désespérément besoin d'une amie.

Livvy lui tendit la main. La femme de chambre semblait avoir environ son âge et serait une alliée précieuse compte tenu des circonstances.

— Seulement quand nous sommes seules, alors, miss. Je ne voudrais pas être renvoyée pour avoir fait preuve d'une trop grande familiarité, chuchota Mellie en se penchant d'un air conspirateur.

Puis elle attrapa la main de Livvy et la serra doucement avant de la lâcher.

— Maintenant, laissez-moi vous aider à vous déshabiller. Ensuite, vous pourrez vous installer au lit et manger.

Mellie tendit l'unique chemise de nuit que Livvy avait emportée.

Livvy soupira de soulagement quand la femme de chambre l'aida à se déshabiller.

— Merci.

Une fois qu'elle eut enfilé sa chemise de nuit, elle écarta les draps et se glissa dans le lit. Mellie lui tendit le plateau et posa son livre à côté d'elle.

— À demain matin, miss... Euh... Livvy.

Mellie sourit en se corrigeant. Elle partit en fermant la porte derrière elle.

Livvy commença à grignoter le fromage et la charcuterie, puis sirota son vin. Elle n'avait jamais mangé au lit avant, du moins pas la nuit. Il y avait quelque chose de merveilleux à cela. Elle réfléchit à la manière dont ses parents géraient leur foyer. Elle savait qu'ils avaient des difficultés. L'année précédente, son père avait investi leur argent dans les mines d'argent de Cornouailles, mais cela s'était soldé par un échec. Leurs revenus provenant des mines avaient dégringolé au fil des mois. Livvy n'en voulait pas à son père, mais elle se sentait mal d'être dans une maison aussi somptueuse, profitant d'un dîner au lit alors que ses parents ne pouvaient pas se le permettre.

Mais j'en paie le prix.

La nourriture délicieuse devint amère, mais elle la termina néanmoins et posa le plateau sur la table près du lit. Elle n'était pas stupide au point de se priver de manger en se rappelant la véritable raison de sa présence. Elle prit son livre, l'ouvrit à la première page et s'installa pour lire. Elle devait à tout prix arrêter de penser à Banks... et à la façon pécheresse dont il l'embrassait.

＊ 4 ＊

Martin était assis dans un fauteuil de la bibliothèque, tournant les pages du livre de Lavinia, mais son esprit était à des kilomètres de là. Qu'est-ce qui avait bien pu lui prendre de la ramener chez lui ? Certes, il avait déjà hébergé de précédentes maîtresses sous son toit, ce qu'il savait être inhabituel, mais la fille de son pire ennemi ? Il aurait dû la garder loin de là, dans un petit cottage où elle aurait souffert de la solitude. Mais elle était charmante, et ardente, et... il ne voulait pas la quitter des yeux.

Il avait voulu détruire Hartwell, le jeter dehors. Mais lorsque Lavinia, une fille dont il ignorait l'existence, s'était précipitée dans la pièce, son cœur s'était arrêté dans sa poitrine. Quand il avait vu sa peau pâle et crémeuse, ses yeux noisette qui ressemblaient à du chocolat enrobé de miel, et ses lèvres rose pâle entrouvertes par la surprise, il avait su qu'il était perdu. Perdu dans ses fantasmes d'embrasser ses lèvres, de toucher sa peau et de voir ses yeux briller de chaleur et de désir alors qu'elle était allongée sous lui dans le lit. L'enlever à Hartwell avait été trop facile. Et il savait avec un plaisir glacial qu'il n'aurait même pas à poser un doigt sur elle pour blesser l'homme. Ce dernier tremblerait de peur et d'inquiétude, et c'était suffisant pour Martin.

C'était pathétique que son père laisse une si jeune fille mener ses batailles à sa place. Martin dégrisa soudain alors que le passé lui revenait en mémoire. Helen, sa jumelle, l'avait autrefois courageusement défendu, elle s'était même battue en duel contre son futur mari pour sauver la vie de Martin. Il n'avait que vingt et un ans à l'époque, il était un jeune homme stupide, mais il avait commis trop d'erreurs.

Un homme doit mener ses propres batailles. Si Hartwell était trop lâche pour le faire, alors Martin continuerait à utiliser Lavinia comme paiement. Il n'avait pas l'intention de faire du mal à la fille, bien sûr. Elle était d'un tempérament doux, et pourtant il y avait un feu dans ses yeux qu'il ne voulait pas voir s'éteindre.

Il voulait la courtiser pour qu'elle vienne d'elle-même dans son lit. Le rôle de méchant qu'il avait joué chez Hartwell n'avait rien à voir avec l'homme qu'il était vraiment. Il avait suffisamment repris ses esprits pour s'en souvenir, même si elle représentait une tentation à laquelle la plupart des hommes n'auraient pu résister. Le baiser qu'ils avaient partagé ce soir-là avait prouvé qu'elle avait du répondant. Elle n'était pas restée là sans réagir, et elle ne l'avait pas repoussé. Elle l'avait embrassé en retour. Vivait-elle avec lui un fantasme diabolique inspiré d'un de ses romans gothiques ? Si c'était le cas, peut-être pourrait-il l'utiliser à son avantage.

Son corps durcit à l'idée de futurs baisers. Il était un excellent amant, et alors que la plupart des hommes ne le disaient que pour se vanter, Martin savait que c'était vrai. Il avait passé des années à apprendre l'art de la séduction, de faire plaisir à une femme avant soi-même. Il y avait une immense satisfaction à savoir qu'il pouvait faire mourir d'envie n'importe quelle femme et que lui seul pouvait les satisfaire.

Je vais montrer à Lavinia à quel point cela peut être merveilleux.

Il posa le livre et se leva de son fauteuil. Il avait promis de la laisser tranquille ce soir-là, mais il pouvait tout de même s'assurer qu'elle était bien installée. Il sortit de la bibliothèque et se dirigea vers sa chambre. Il pouvait voir une lumière allumée sous sa porte, mais il l'avait envoyée au lit trois heures plus tôt. Était-elle encore éveillée ? Il enclencha la poignée. La porte n'était pas fermée à clé. Il l'entrouvrit et jeta un coup d'œil dans la chambre à coucher. Quelques bougies brûlaient encore faiblement. En avançant sur la pointe des pieds dans la pièce, il souffla une bougie, puis alimenta le feu en ajoutant plusieurs bûches. Il se souvenait du froid de la maison de Hartwell, et il ne voulait pas que Lavinia en souffre sous son toit.

Il se dirigea vers le lit. La dernière bougie était encore allumée sur une table voisine. Lavinia était profondément endormie, son livre toujours ouvert à la troisième page. Martin retira soigneusement l'ouvrage de ses mains, le posa sur la table et la regarda. Elle avait l'air si innocente, ses cheveux détachés, son visage adouci dans la pénombre. Était-il aussi innocent à son âge ?

Il semblait qu'une vie entière le séparait de Lavinia, plutôt que dix ans. Pourtant, il savait qu'elle n'était plus une enfant. C'était une femme adulte, dont il avait envie. Pourtant, plutôt que de ressentir le désir de la réveiller, un étrange besoin de protection l'envahit. Il ne pouvait s'empêcher de penser à ce qu'il aurait fait s'il avait été à sa place, s'il avait pu s'offrir d'une manière ou d'une autre pour sauver la vie de sa mère. Il aurait fait exactement comme Lavinia. Il remonta les draps jusqu'à son menton pour qu'elle ait chaud. Puis il écarta une mèche de cheveux de sa joue avant de se pencher, d'éteindre la bougie et de la laisser dormir.

Il retourna dans sa propre chambre et laissa son valet le déshabiller, puis il se regarda dans le miroir. Ses lèvres formaient une moue qui était là depuis des lustres. La peur qu'il avait vue dans les yeux de Lavinia l'avait déstabilisé.

— Byrd, dit-il tandis que son valet défaisait ses boutons de manchette.

— Oui, monsieur ? répondit l'homme, la tête penchée, concentré sur sa tâche.

— Me trouvez-vous imposant ?

Byrd lui lança un regard.

— Imposant, monsieur ?

— Est-ce que je vous effraie ?

Byrd inclina la tête. Ses lèvres s'entrouvrirent alors qu'il hésitait.

— Allons, Byrd. Je ne me fâcherai pas.

Il marqua une pause, ne voulant pas donner l'impression qu'il s'en souciait trop, mais juste assez.

— Je pensais à Miss Hartwell. Je ne veux pas l'effrayer maintenant qu'elle est là.

— Oh.

Byrd se détendit et recula, laissant à Martin suffisamment d'espace pour enfiler sa chemise.

— Je pense que vous pouvez être un peu intimidant, monsieur, mais c'est probablement parce que vous avez l'habitude de traiter avec des hommes d'affaires prêts à vous trancher la gorge au moindre faux pas. Vos précédentes invitées étaient habituées à vos manières. Mais Miss Hartwell... C'est une vraie lady, n'est-ce pas ?

— En effet.

Byrd avait raison. Les chanteuses d'opéra, les mondaines et les courtisanes savaient comment se comporter avec les hommes, mais Lavinia n'appartenait pas à ce monde. Elle n'avait jamais été seule avec un homme, et on l'avait encore moins embrassée. S'il voulait la mettre dans son lit, il devrait faire preuve de patience et de prudence.

Byrd reprit la parole.

— Puis-je faire une suggestion ?

Martin acquiesça.

— Eh bien, les dames, quel que soit leur rang, aiment les cadeaux. Fleurs, bijoux, bonbons, robes. Et elles aiment être courtisées. Emmenez-la faire du cheval, allez à l'opéra ou au théâtre. Les dames aiment s'amuser un peu.

Byrd avait raison. Lavinia n'était pas son père, et le fait qu'elle se soit transformée en agneau sacrificiel pour payer ses dettes ne signifiait pas qu'elle méritait d'être traitée sévèrement. Ce n'était pas comme s'il avait eu l'intention de la maltraiter, mais il n'avait pas vraiment réfléchi à ce qu'il allait faire d'elle.

— Merci, Byrd. C'est un bon conseil.

Il sourit à son valet.

— Je pense pouvoir m'occuper du reste ce soir. Vous pouvez disposer.

Byrd récupéra les bottes de Martin et le laissa seul. Il enleva son pantalon et ses bas avant de grimper dans le lit. Il souffla sa bougie et s'allongea sur le dos, les bras croisés derrière la tête en regardant le plafond de son lit à baldaquin.

Le visage de Lavinia s'imposa à lui. Il n'oublierait jamais la bravoure dont elle avait fait preuve en venant au secours de son père.

Elle m'a captivé. C'était une chose dangereuse à admettre. Mais il se lasserait d'elle comme de toutes les autres et la renverrait chez elle bien assez tôt, il en était certain. Alors que le sommeil l'envahissait enfin, il fut assailli de rêves, ou plutôt de cauchemars, qui tournaient en boucle dans son esprit. Hartwell détruisant sa vie, sa mère s'effondrant, son père brisé et vaincu. Et Martin faisait la même chose à Lavinia.

Je ne vaudrais donc pas mieux que son père ? Mais il ne pouvait pas la renvoyer chez elle. Le sort en était jeté. Il l'avait embrassée et avait goûté à sa douce passion semblable aux pétales d'une rose au printemps. Même si cela faisait de lui un méchant homme, il en voulait plus.

Vous êtes à moi, Lavinia. Vous ne le savez simplement pas encore.

Livvy dormit d'un paisible sommeil sans rêves. Lorsque l'aube arriva, Mellie tira les rideaux de la fenêtre, et Livvy se rappela tous les événements de la nuit précédente.

— Avez-vous bien dormi, Livvy ? demanda la femme de chambre en s'affairant dans la pièce et en commençant à choisir ses vêtements.

— Je... Oui.

Elle avait du mal à y croire, mais c'était vrai. Dans ce lit somptueux, elle avait merveilleusement bien dormi. Comment était-ce possible ?

— Voulez-vous prendre votre bain ce matin ou ce soir ?

— Eh bien... Ce soir.

Livvy s'étira et soupira avant de repousser les couvertures et de se glisser hors du lit. La femme de chambre l'aida à enfiler une robe de jour en mousseline lilas et des ballerines blanches.

— Et vos cheveux, miss ? Je connais un certain nombre de coiffures.

Les yeux de Mellie scintillèrent dans le reflet du miroir de la coiffeuse.

— J'adorerais avoir une coiffure à la mode. Que portent les dames en ce moment ?

Elle n'était allée qu'à quelques bals depuis son entrée dans le monde et avait été tellement distraite par la danse qu'elle n'avait pas eu le temps de se concentrer sur les coiffures des autres.

— Quelques boucles devant de chaque côté et un chignon élaboré à l'arrière.

Mellie prit la brosse à cheveux en argent sur la table de nuit et commença à peigner les cheveux de Livvy. Lorsqu'elle eut terminé, elle tendit le miroir à Livvy qui examina le résultat.

— Oh, c'est splendide ! Merci !

Elle reposa soigneusement le miroir à main sur la table.

— Le petit-déjeuner devrait être prêt, dit Mellie. Je serais ravie de vous montrer la salle à manger.

Livvy la suivit en bas jusqu'à une élégante salle à manger. Les murs bleus et les lambris blancs donnaient à la pièce un côté lumineux. Une grande table était dressée pour le petit-déjeuner.

Des cloches sur un buffet voisin gardaient les aliments au chaud. Tranches de jambon, câpres et œufs. Des toasts et une théière d'eau chaude étaient également présents. Livvy était tellement distraite par tout cela qu'elle ne remarqua pas immédiatement Banks assis à la table.

Elle se figea quand elle se retourna et le vit. Une assiette vide était posée en face de lui non loin d'une tasse de thé. Il était plongé dans la lecture du journal.

— Entrez et mangez.

C'était un ordre, mais son ton était doux. Il ne la

regarda pas immédiatement. Elle se détendit donc et prit une assiette sur le buffet.

Une fois assise avec son petit-déjeuner, elle jeta un coup d'œil à ce qu'il lisait ; la section financière du *Morning Post*. Au bout d'un moment, il remarqua qu'elle le fixait et posa son journal pour la regarder à son tour.

— Vous êtes dans les affaires ? demanda-t-elle doucement.

— En effet.

Il se tourna vers elle, et son regard la troubla, mais ce n'était pas totalement désagréable.

— Investissez-vous dans les fonds ?

À cette question, il inclina la tête, semblant quelque peu surpris.

— C'est ainsi que je fais la plus grande partie de ma fortune, en effet. Êtes-vous familière de la chose ?

Elle grignota un morceau de pain grillé et hocha la tête.

— Mon père préfère investir dans des entreprises, mais je trouve que les fonds sont plus sûrs. J'ai essayé de le convaincre d'investir dans des obligations et des rentes indiennes l'année dernière. Il ne l'a pas fait, mais mon instinct était correct. Les obligations que j'ai suggérées ont présenté un retour sur investissement fiable de 4,8 %.

— C'est un conseil très judicieux, convint Banks, ses

yeux bleus toujours fixés sur les siens. Dans quoi a-t-il investi ?

Elle soupira.

— L'argent. C'est un marché tellement peu fiable, avec si peu de chances de réussite.

Elle souleva sa tasse de thé, se délectant de l'arôme alléchant qui s'en dégageait.

Les lèvres de Banks formèrent un soupçon de sourire.

— Encore une fois, vous avez raison.

— Et cela vous surprend, n'est-ce pas ? demanda-t-elle.

Elle avait rencontré suffisamment de jeunes débutantes au cours de l'année pour savoir que sa connaissance des affaires n'était pas le propre des jeunes femmes.

— Oui, mais cela me ravit également. Je pense que je vais apprécier nos conversations. Mes anciennes maîtresses possédaient d'autres connaissances – musique, littérature et art. Et même si nos conversations étaient agréables, elles n'étaient pas suffisantes pour me stimuler.

Elle grinça des dents devant le mot *maîtresse*. Elle était là à cette fin, à contrecœur, et elle n'aimait pas ce qu'elle ressentait. Elle voulait être aimée par un homme, pas utilisée. Quoi qu'il se passe entre eux, elle ne le laisserait pas la transformer contre son gré. C'était elle qui décidait à quelle vitesse ils se rapprocheraient, si rapprochement il y avait.

— Pourrions-nous éviter d'utiliser le mot *maîtresse* ? demanda-t-elle.

Il ferma son journal et s'adossa à sa chaise.

— Je serais heureux de vous appeler comme vous le souhaitez, mais cela ne change rien au fait que vous êtes ici pour me servir en cette qualité.

Livvy prit une profonde inspiration, essayant d'apaiser sa colère. Mais elle n'avait rien à dire pour sa défense. Il avait raison. Elle avait accepté de venir pour être... *à lui*.

— Cela vous conviendrait-il que je vous appelle ma compagne ?

C'était comme s'il avait lu dans ses pensées. Elle sentit son visage s'empourprer, et il lui sourit légèrement. Son expression ne semblait pas cruelle, mais plutôt taquine, à la façon d'un jeune garçon. Cela la mit plus à l'aise qu'elle ne le pensait.

— Le terme de *compagne* me convient, s'il est toujours entendu que vous ne me forcerez pas à venir dans votre lit.

— Ce choix est et sera toujours le vôtre, mais je crois que vous serez tentée.

Son regard intense et charbonneux la crispa, non pas parce qu'elle avait peur de lui, mais parce qu'elle craignait d'être tentée.

— Que dites-vous ?

Elle marqua une pause, décidant de changer de sujet.

— Qu'avez-vous prévu pour aujourd'hui ? Dois-je rester ici à vous attendre ?

— *Nous* avons prévu d'aller faire des achats. Les guenilles que vous portez ne sont pas acceptables, et vous n'avez pas de vêtements d'hiver appropriés. Je sais que vous me voyez comme un être odieux, mais je ne suis pas cruel. Vous pouvez avoir de beaux vêtements, des bijoux, tout ce que votre cœur désire.

Tout sauf ma liberté.

Il resta avec elle pendant qu'elle terminait son petit-déjeuner, rouvrant son journal. Quand il termina la rubrique qu'il lisait, il la regarda.

— Voudriez-vous... ?

Il désigna le journal.

— Je reçois le *Morning Post* tous les jours, mais je serais heureux de vous procurer tout autre journal que vous souhaiteriez lire. Je sais que beaucoup de dames préfèrent la *Quizzing Glass Gazette*.

— Le *Post* est très bien.

Elle récupéra le journal et le passa en revue. Au cours de la demi-heure qui suivit, ils s'échangèrent le journal à tour de rôle tout en se passant un plateau de toasts et échangèrent même un sourire lorsqu'ils prirent le beurre au même moment. C'était comme s'ils avaient déjà partagé de nombreux petits-déjeuners, profitant d'un silence amical comme un couple heureux. Elle termina, et un valet de pied débarrassa leurs assiettes.

Mr Banks se leva.

— Prenez votre cape. Nous allons faire un tour du côté de Bond Street.

— Mr Banks, je...

— Martin, je vous prie. J'insiste sur ce point, Lavinia.

Il lui tint la porte de la salle à manger alors qu'ils sortaient. S'il souhaitait davantage de familiarité au niveau de leurs noms, alors elle aussi.

— Très bien, mais ne m'appelez pas Lavinia.

Il haussa ses sourcils or foncé en réponse.

— Ah non ?

— C'est le nom que mes parents utilisent quand ils sont fâchés contre moi. Je préfère Livvy.

— Livvy.

Il sourit.

— Je préfère de beaucoup. J'avais une grand-tante du côté de ma mère qui s'appelait Lavinia. C'était une vieille mégère.

— Quelle chose épouvantable à dire, s'exclama-t-elle, mais Martin se contenta de rire.

— Croyez-moi, elle le verrait comme un compliment. Si les Vikings d'autrefois devaient à nouveau envahir l'Angleterre, ma grand-tante serait là pour les arrêter d'une seule main.

Il mima le balancement d'une hache de guerre, et son

expression de malice enfantine était si inattendue que Livvy gloussa. Pendant un moment, elle oublia complètement qu'il l'avait achetée comme on achète un cheval. Son rire s'évanouit et son sourire disparut.

— Monsieur, la voiture est prête, annonça Mr Harris.

— Allez chercher votre cape.

Il désigna l'escalier, mais elle l'avait devancé et était déjà en route. Elle revint, la cape à la main et il l'aida à l'enfiler.

— Merci, dit Livvy en rougissant avant de suivre Martin alors qu'ils sortaient de la maison.

Sa voiture était peinte en bleu et noir, ce qu'elle n'avait pas remarqué la veille au soir. Martin lui tendit la main et elle pressa sa paume dans la sienne pour qu'il l'aide à entrer. Une fois qu'ils furent assis, il prit une canne qui était rangée dans le coin de son siège et en frappa le toit de la voiture. Leur cocher mit les chevaux en mouvement.

— Allez-vous réellement m'acheter une nouvelle garde-robe ?

— Absolument. C'était l'une de vos conditions, si je me souviens bien. Je suis un homme d'honneur, malgré ce que vous pouvez penser.

Le regard de Martin était concentré sur la rue derrière la fenêtre, mais elle avait l'impression qu'il lui assurait une fois de plus qu'il ne la forcerait pas à faire quoi que ce soit, au lit ou à l'extérieur, tant qu'elle serait avec lui. Pendant un bref instant, elle se demanda s'il n'était pas moins mauvais qu'elle ne le croyait. Peut-être était-ce un homme bon essayant désespérément d'être mauvais parce qu'il sentait qu'il avait besoin de se venger.

— Merci, dit-elle doucement.

— Tout le plaisir est pour moi. Je suis partisan d'un échange équitable, et vos demandes étaient tout à fait raisonnables.

Même si elle ne voulait pas l'admettre, elle était enthousiaste à l'idée d'ajouter quelques nouvelles robes, peut-être une cape plus épaisse et des bas moins usés à sa garde-robe.

Martin et elle n'échangèrent pas un mot durant le reste du trajet. Elle avait des questions, mais elle n'en posa pas une seule. Lorsqu'ils arrivèrent à Bond Street, Martin l'aida à sortir de la voiture et donna l'ordre au cocher de revenir trois heures plus tard. Puis il lui offrit son bras. Livvy glissa sa main autour de sa manche, marchant prudemment sur le trottoir glacé. Le vent glacial la fit grimacer, mais elle savait qu'ils seraient bientôt à l'intérieur.

— Nous y sommes.

Martin s'arrêta devant la boutique d'une modiste à l'allure onéreuse dont elle reconnut le nom.

— Mrs Benson est une excellente couturière. C'est bien trop pour moi ! protesta-t-elle.

Quelques acheteurs qui passaient par là fixèrent Livvy. Martin se contenta de pincer les lèvres et de lui ouvrir la porte. Elle rougit, mais entra. Il lui emboîta le pas.

L'intérieur de la boutique était confortable, chaleureux et éclairé par des dizaines de lampes, qui mettaient en valeur les carrés de soies coûteuses et les mousselines colorées. Une charmante femme en robe bleu foncé sortit de l'arrière-boutique et sourit en les voyant.

— Mr Banks ! Quel plaisir de vous revoir !

L'expression sinistre de Martin s'effaça devant le sourire sincère de la couturière.

— Mrs Benson, cela fait trop longtemps.

Il y avait une familiarité intime dans son regard, pas de l'amour, mais de l'amitié. La femme reporta son attention vers Livvy.

— Et qui est cette jeune femme ?

— Miss Hartwell.

Il ne s'étendit pas davantage, mais Livvy ravala une vague de honte en faisant face à la modiste.

— Je vois.

Le ton de Mrs Benson n'était pas désapprobateur, mais vif, comme si elle pensait déjà aux robes dont Livvy aurait besoin.

— Comme d'habitude, Mr Banks ? Ou peut-être quelque chose de spécial ?

Mr Benson se mit à décrire des cercles autour de

Livvy, la regardant d'un œil critique comme un artiste devant une toile blanche.

Martin se caressa le menton.

— Peut-être que quelque chose de spécial serait de rigueur. Elle n'est pas... comme les autres.

Livvy ferma les yeux un moment, tenant sa langue. Était-ce une insulte ou un compliment ? Honnêtement, elle préférait ne pas le savoir.

— Elle ne l'est certainement pas, marmonna Mrs Benson en revenant face à Livvy, et Martin, qui se tenait derrière elle, ne vit pas son petit sourire. Elle est adorable et innocente, et j'imagine qu'elle est douce. Les autres ne l'étaient... pas tellement.

Mrs Benson fit un signe de la main à Martin.

— Asseyez-vous et laissez-moi trouver quelques robes toutes faites qui lui conviendront. Ensuite, après lui avoir fourni le nécessaire, nous pourrons prévoir quelques robes sur mesure.

— Excellent.

Martin passa devant Livvy pour s'asseoir dans un fauteuil près d'un trio de miroirs et d'une petite estrade. Elle savait qu'elle serait bientôt debout sur la petite estrade, sentant les yeux de Martin parcourir son corps tandis qu'il l'habillerait selon ses goûts.

— Par ici.

Mrs Benson lui fit signe de s'avancer derrière un

paravent. Elle revint rapidement avec plusieurs robes de différentes couleurs.

— Essayons-en quelques-unes. Et je prendrai vos mesures pour le reste.

Livvy saisit la première robe sur la pile que Mrs Benson avait placée devant elle. Elle poussa un profond soupir. C'était une belle robe en soie bleue, de la couleur d'un ciel d'été. Elle ne pouvait s'empêcher de se pâmer devant les vêtements coûteux. Il n'y avait rien de plus beau au monde que de sentir le doux glissement de la soie sur sa peau ou de virevolter devant un miroir alors que ses jupes en filet scintillaient à la lumière des bougies. Toutes les femmes aimaient se sentir belles, et Livvy n'échappait pas à la règle. Les robes de cette boutique étaient d'une qualité bien supérieure à celles qu'elle aurait choisies en temps normal. Coûteuses, finement fabriquées. Elle pourrait même les garder... en guise de paiement pour avoir été la femme entretenue de Martin.

Le sourire rêveur sur ses lèvres s'évanouit. Après tout cela, comment sa fierté pourrait-elle demeurer intacte ?

5

Martin était confortablement installé dans son fauteuil, sirotant le thé que l'employée lui avait apporté. Il s'était assis à cet endroit plus d'une fois, regardant ses maîtresses essayer des robes, affichant des sourires coquins ou battant des cils, espérant obtenir des bottes ou des gants supplémentaires. Il avait souri en retour et avait cédé, achetant à la dame tout ce qu'elle désirait.

Mrs Benson avait raison. Cette fois, c'était différent.

Livvy était innocente et douce, mais ce n'était pas une femme facile. Il appréciait cela chez elle. Il n'avait jamais été attiré par les femmes qui s'inclinaient et se prosternaient devant les hommes.

Son regard se tourna vers le paravent lorsqu'un mouvement attira son attention. Mrs Benson apparut, avec un large sourire, et fit un signe de la main à Livvy pour l'encourager. Alors qu'elle sortait de derrière le paravent et s'avançait sur l'estrade devant les miroirs, il eut le souffle coupé. Son pouls s'accéléra alors qu'il contemplait la magnifique robe qui épousait la douce courbe de ses hanches et de ses seins. Elle baissa timidement la tête devant la persistance de son regard, mais il n'en avait que faire. Il voulait en profiter, se rassasier de cette vue.

— La robe est d'une longueur parfaite pour elle et ne nécessite aucun ajustement, déclara Mrs Benson en désignant les différents éléments de la robe.

Le ruban orange autour de sa taille accentuait la robe bleu clair et mettait ses seins en valeur. Le tissu était de la soie moirée, et il accentuait les formes de Livvy, la mettant particulièrement à son avantage.

— Qu'en pensez-vous, Livvy ? Cela vous plaît-il ? demanda Martin.

Elle cligna des yeux, comme si elle était surprise qu'il lui pose la question.

— Eh bien... oui. J'aime vraiment les couleurs, admit-elle en rougissant.

Sa peau d'albâtre se réchauffa jusqu'à prendre le rose le plus délicieux, et il se demanda si le reste de son corps rougirait aussi joliment lorsqu'elle serait allongée sous lui, se tordant de plaisir.

— Mrs Benson, nous allons la prendre. Qu'avez-vous

d'autre ? Elle aura besoin de plusieurs robes pour commencer et d'une cape, de bottes, de gants, de ballerines, de chemises supplémentaires et de bas, j'imagine. Ainsi que les vêtements de nuit habituels.

Mrs Benson hocha la tête.

— Nous avons plusieurs chemises de nuit qui seront idéales.

Elle se dirigea vers un comptoir et retira une boîte, soulevant le couvercle et dépliant le papier de soie pour soulever une chemise de nuit diaphane. Le tissu était si transparent que Livvy eut un petit hoquet de stupeur. Martin gloussa. Le regard d'effroi scandalisé qu'elle eut était comique. Elle savait qu'il verrait tout d'elle sous le tissu fin, mais elle finirait par apprécier. Une fois qu'il lui aurait montré les joies qu'il avait à offrir, elle serait ravie de porter ce vêtement.

— Et ceci ?

Mrs Benson mit la chemise de nuit de côté et récupéra une cape brodée bleu foncé et or, avec une capuche en hermine. Elle l'enroula autour de Livvy et testa la capuche.

Martin acquiesça.

— Oui, c'est parfait.

Il s'approcha pour caresser la fourrure de la capuche, et Livvy essaya de se détourner, ses joues ayant pris un rouge sombre.

— Vous êtes exquise, dit-il. Vous ne devriez pas vous cacher, pas de moi.

Le feu qui s'alluma soudain dans ses yeux le surprit.

— Vous n'avez pas besoin de me rappeler que je vous appartiens.

Il fronça les sourcils.

— Je voulais seulement dire que vous devriez apprécier ces vêtements. N'ayez pas peur d'eux, juste parce que je vous regarde.

Malgré leur situation inhabituelle, il voulait qu'elle embrasse ses propres passions et qu'elle soit fière de sa beauté, car elle était belle.

— Que vous faut-il d'autre ? Quelques robes de bal, une tenue d'équitation ? demanda-t-il.

— Mr Banks, j'ai des planches de mode du *Lady's Magazine* si vous souhaitez les voir, proposa Mrs Benson.

— Avec plaisir.

Il aida Livvy à descendre de l'estrade et ils rejoignirent la couturière au comptoir pour consulter les planches. Au début, Livvy se tut, mais Martin continua à lui poser des questions, et rapidement, elle se mit à discuter avec enthousiasme des coupes de tissu, des ourlets et d'une variété de robes : robes du matin, de promenade, d'opéra, de soirée. Il avait oublié de combien de robes une femme avait besoin. La dépense n'avait pas d'importance ; il trouvait simplement que la quantité d'efforts à fournir était stupéfiante.

— Mr Banks, qu'en pensez-vous ?

Livvy pointa du doigt l'image d'une robe de soirée. Elle était colorée, sans aucun doute une stratégie de Mrs Benson pour attirer l'œil.

— Elle dit qu'il est possible de la fabriquer en n'importe quelle couleur. Bleu ou marron ?

— Marron, répondit-il.

La couleur brune avait une teinte rouge qui mettrait en valeur ses cheveux foncés et ses yeux noisette chaleureux. Il ne pouvait s'empêcher de penser à la dernière fois qu'il était venu avec Stella, la cantatrice. Elle lui chuchotait à l'oreille des remarques suggestives sur le fait que ce serait charmant pour lui de la débarrasser de sa nouvelle robe.

Il chassa ce souvenir et se concentra sur Livvy et la façon douce et pleine d'espoir dont elle regardait les robes. Il n'y avait là aucune tentative de flirt, aucune manœuvre de séduction. Elle montrait ses émotions, même les plus négatives. Elle fixait la robe marron avec une telle envie qu'il aurait aimé lui offrir le monde sur un plateau d'argent.

— Excellent choix, Mr Banks, vraiment, dit la modiste. Et voilà. Vous êtes équipée à présent.

Martin était déçu qu'ils aient déjà fini. Il aurait préféré rester là et regarder Livvy essayer une douzaine d'autres robes, peut-être même lui montrer des bas de soie et... Il arrêta le cours de ses pensées avant que son excitation ne devienne incontrôlable.

Je ne suis pas un monstre. Je suis un gentleman, et elle est ma compagne. Je ne la toucherai pas, sauf si elle me le demande.

Livvy remercia la femme et se dirigea vers un présentoir de réticules. Martin la regarda avec amusement en ouvrir plusieurs, les étudier de près, puis se tourner vers lui, l'un d'eux serré contre sa poitrine, mais elle rougit lorsqu'elle sembla réaliser qu'elle était sur le point de lui demander de l'acheter.

— Prenez-le.

Il sourit, et son cœur décrivit une étrange petite embardée lorsqu'elle le rejoignit et ajouta le réticule vert foncé à la pile.

— Merci, dit-elle timidement.

— De rien, répondit-il.

Il méprisait son père, mais tant que Livvy restait avec lui, son bonheur comptait. Une femme heureuse hors du lit signifiait généralement une amante enjouée et affectueuse *au lit.*

— Je ferai livrer les robes restantes à la fin de la semaine prochaine.

Mrs Benson et son employée emballèrent les robes et autres articles dans de belles boîtes colorées. Martin fit appeler sa voiture pour qu'on charge les paquets à l'intérieur. Il insista pour que la cape reste déballée, et il la mit sur les épaules de Livvy. Puis il remercia Mrs Benson et sortit dans la rue.

— Où allons-nous à présent ? demanda Livvy.

— Je pense que je connais l'endroit idéal.

Il l'aida à monter en voiture, mais ne lui communiqua pas leur destination.

— Piccadilly, s'il vous plaît, dit-il au cocher avant de la rejoindre dans la voiture.

La voiture les déposa au numéro 187 de Piccadilly, devant un magasin nommé Hatchard's. Livvy leva les yeux vers les vitrines du magasin et réalisa où il l'avait emmenée. Ses beaux yeux se remplirent de larmes.

— Des livres ? souffla-t-elle, un délicat sourire flottant sur ses lèvres.

— Ma bibliothèque, bien que très fournie, manque de livres plaisants. J'ai pensé que vous pourriez m'aider à compléter ma collection. Êtes-vous prête à relever le défi ?

Après la nuit précédente, il avait le sentiment que les livres lui remonteraient le moral.

Elle hocha la tête avec enthousiasme et se mit pratiquement à courir vers la porte. Encore une fois, son cœur décrivit un bond étrange en voyant la joie sur son visage. Il la suivit à l'intérieur et s'arrêta pour apprécier l'ambiance de la boutique rappelant celle d'un club. Sur une cheminée étaient disposés les journaux du jour. Des bancs étaient alignés le long des murs. Les domestiques pouvaient ainsi y attendre leurs maîtres et maîtresses. La boutique était chaleureuse et accueillante, et un certain nombre de personnes étaient entrées pour échapper à l'hiver glacial de Londres. Livvy était déjà en train d'arracher des titres des étagères, et elle revint vers lui avec une pile qui lui arrivait presque au menton.

— Posez-les. Jetons-y un coup d'œil.

Il fit un geste vers les deux fauteuils près du feu, et il écarta les journaux. Livvy posa les livres et prit le premier roman, qu'elle lui tendit.

— *Le fils banni* de Roche ?

— C'est un conte d'horreur ; j'ai pensé que vous préféreriez cela aux romans gothiques.

Il gloussa.

— Et pas *Les Mystères d'Udolphe* ?

Il avait entendu parler des romans gothiques de Mrs Radcliffe, mais il ne les avait jamais lus.

Elle se mordit la lèvre.

— Non, sauf si vous le voulez.

— Et ensuite ?

Il choisit un autre livre.

— *L'attachement mutuel* ?

— Oh, c'est...

Elle essaya de le lui prendre, mais il le garda hors de sa portée.

— De la romance ? demanda-t-il en feuilletant les pages.

— Oui. Je pensais que cela pourrait me plaire.

— Alors nous devons l'acheter.

Il prit le livre suivant. Il réalisa qu'il s'agissait en fait d'un trio de volumes minces reliés en cuir et garnis de dorures.

— *Glenarvon.*

Elle murmura le titre, clairement scandalisée à en juger par le rouge de ses joues.

Il gloussa à nouveau, caressant le dos du premier volume.

— Le récit sans concession à peine déguisé de Lady Caroline Lamb. Inspiré de Lord Byron, à ce que j'ai entendu dire. Elle pensait que cela ressusciterait sa vie sociale, mais cela a eu l'effet inverse.

— C'est tout à fait vrai. Mais j'ai toujours eu envie de le lire.

Elle ramassa le reste des livres, et il les lui prit des mains.

— Permettez. S'il vous plaît, regardez à nouveau et assurez-vous qu'il n'y en a pas d'autres qui vous inté-ressent.

— Cela fait déjà beaucoup.

Il haussa un sourcil.

— Vraiment ? Je peux facilement me permettre d'en acheter plus.

Elle se mordit la lèvre d'une manière qui lui donna envie de la prendre dans ses bras, mais il résista.

— Allez-y, l'encouragea-t-il en la poussant vers les étagères.

Elle y retourna, la tête inclinée pour mieux lire les tranches. Martin apporta sa sélection de livres à un employé de la librairie, qui commença à les emballer et à calculer les prix. Lorsque Livvy revint avec une deuxième pile de livres, les yeux de l'employé s'arrondirent de surprise. Martin appela sa voiture et fit charger soigneusement les livres dans une malle à l'arrière.

— Où allons-nous ensuite ? demanda Livvy d'un ton plus enjoué.

— Nous devons encore rendre visite à un cordonnier et à un chapelier. Ensuite, je devrai faire une course pendant que vous resterez à la maison.

Son sourire se fana, mais elle ne discuta pas. Il ne pouvait pas lui parler de sa course secrète. S'il avait pu l'emmener, il l'aurait fait, mais les dames ne se rendaient pas aux ventes aux enchères de chevaux de Tattersall.

Je lui achèterai la plus belle jument de Londres, et elle chevauchera à mes côtés avec fierté dans Hyde Park.

Deux heures plus tard, il déposa Livvy chez lui. Il fallut trois valets de pied pour transporter les énormes boîtes remplies de chapeaux, vêtements, chaussures et livres. Une fois la voiture vidée, il indiqua à son cocher la prochaine destination.

L'espace dédié aux enchères de Tattersall se composait de nombreuses écuries, de boxes et d'un enclos pour observer l'allure des pur-sang mis en vente. Martin passa devant l'enclos, remarquant un buste du roi George IV dans la coupole au centre. Malgré le froid, de nombreux hommes observaient les chevaux dans l'enclos d'entraînement.

— Banks ! cria quelqu'un.

Martin se retourna et vit un visage familier.

— Lord Sheridan !

Il serra la main de Cedric Sheridan. Le vicomte sourit et désigna l'enclos.

— Vous êtes intéressé par un cheval ? J'en ai un à vendre.

— Je suis intéressé, en effet.

Martin suivit la main tendue de Cedric. Une jument gris pommelé avec une crinière noire et le bas des jambes de la même couleur se pavanait fièrement.

— Elle est éblouissante, déclara Banks.

Cedric et lui se penchèrent par-dessus l'enclos pour mieux voir les juments.

— Combien en demandez-vous ?

Cedric siffla, et le palefrenier rapprocha la jument. Martin s'approcha et passa une main sur les naseaux de l'animal. La jument cligna des yeux, ses yeux bruns foncés l'évaluant, mais sans montrer la moindre agressivité.

— Je pensais à mille guinées.

— Quel est son historique de reproduction ?

Cedric sourit et lui tapota l'encolure.

— Elle a été engendrée par un pur-sang et est née d'une de mes juments arabes. Je peux fournir un pedigree.

— Quel âge a-t-elle ?

— Trois ans, répondit Cedric.

Martin étudia ses dents et ses jambes, regardant le palefrenier soulever ses sabots. C'était une bête patiente qui engloutissait avidement les morceaux de sucre que lui tendait Cedric. Il y avait en elle une délicieuse qualité féminine qui lui rappelait Livvy.

— Mille guinées ?

— Oui. Vous pensez l'offrir à quelqu'un ? sourit Cedric. Je croyais que votre maîtresse et vous étiez séparés. Elle est partie en France, à ce que j'ai entendu dire ?

— En effet. J'ai une nouvelle compagne. Cette jument serait parfaite pour elle. Mille guinées, c'est un peu cher, mais elle a l'air d'en valoir la peine.

Il lui tendit la main et ils scellèrent le marché. Ils prirent leurs dispositions pour que la jument soit amenée chez lui le lendemain matin.

Livvy allait adorer ce cheval. Et peut-être qu'alors elle l'adorerait, lui.

Cette pensée sortait de nulle part, et il l'écarta rapidement. Il ne voulait pas de son amour. Il s'en sortait très bien sans. De plus, il ne pourrait jamais aimer la fille de l'homme qui avait détruit sa vie toutes ces années auparavant. Il ne pouvait pas nier qu'il ressentait un certain plaisir à savoir qu'il se comportait en gentleman avec elle alors que son père et sa mère étaient probablement en train de paniquer.

Il était encore perdu dans ses pensées lorsqu'il quitta la cour de vente aux enchères et retourna à sa voiture.

— Chez vous, monsieur ? demanda le cocher.

— Oui – non, attendez, pas encore. Emmenez-moi d'abord à Oxford Street. Je dois passer chez un bijoutier.

— Bien, monsieur.

Martin monta en voiture et regarda par la fenêtre lorsque le véhicule se mit en branle.

L'hiver londonien était magnifique lorsque la neige recouvrait le sommet des maisons et qu'une lumière joyeuse illuminait les fenêtres des quartiers chics de la ville. Il savait aussi à quel point cela pouvait être dur. Après que Hartwell avait expulsé sa famille, ils avaient été contraints de louer un minuscule appartement deux-pièces. Ils avaient vécu dans la misère pendant des mois. Ils avaient enterré sa mère, et pendant une année entière, son père, Helen et lui avaient été en deuil.

Martin ferma les yeux, sentant encore le froid mordant de l'air alors qu'il se revoyait devant la tombe de sa mère, regardant la terre fraîchement creusée recouverte de neige. La douleur dans sa poitrine avait failli l'étouffer. Le désespoir s'était emparé des ruines de son âme. Il avait eu l'impression que le soleil ne brillerait plus jamais, et pourtant...

Quelque chose avait changé. Dès que Livvy avait fait irruption dans le salon, il l'avait ressenti. Les doux remous de la lumière du soleil sur son âme meurtrie. Il ne voulait pas admettre qu'elle avait éveillé de tels sentiments en lui, mais c'était le cas.

Ce serait injuste d'ignorer ce qu'elle me fait ressentir.

Il ne voulait pas penser à ce qui se passerait quand elle partirait.

Lorsque la voiture s'arrêta devant sa bijouterie préférée, il entra et examina les vitrines contenant divers colliers, broches et boucles d'oreilles.

Un homme âgé avec un sourire aimable le salua.

— Mr Banks.

— Comment allez-vous, Harold ?

Il serra la main de l'homme. Il connaissait Harold Garland depuis des années.

— Je vais bien, grâce à vous. Les obligations que vous m'avez recommandées ont bien fonctionné.

— Heureux de l'apprendre.

Martin aimait entendre que les conseils prodigués à ses amis avaient porté leurs fruits.

— Qu'est-ce qui vous ferait plaisir aujourd'hui ?

Martin étudia les bijoux disposés devant lui, les sourcils froncés par la concentration.

— Des perles, je crois.

Il imaginait bien des perles autour du cou de Livvy et la façon dont elles mettraient en valeur sa magnifique peau.

— Des perles, laissez-moi voir...

Harold se pencha, récupéra un écrin et le posa sur le comptoir.

— Que diriez-vous de boucles d'oreilles en *coque de perle* ?

Il retira une paire de boucles d'oreilles et les posa sur un tissu en velours sur le comptoir. Les boucles étaient grandes, avec des perles ovales formant une sorte de grappe délicate qui pendait des tiges.

— *Coque de perle* ?

Martin n'avait jamais entendu cette expression auparavant.

— C'est un terme français. Elles sont taillées dans des coquilles de nautiles provenant de l'Inde orientale. C'est en fait un coquillage plutôt qu'une perle ordinaire. Mais on dirait des perles. Elles sont plus rares et très populaires en France en ce moment.

Martin souleva les boucles d'oreilles, s'émerveillant de la beauté du fermoir en or et de leur légèreté relative. Elles seraient superbes, mais pas trop extravagantes, et ne seraient pas non plus trop lourdes pour les oreilles de Livvy.

— Et ceci pour compléter ?

Harold lui montra un collier de perles brillantes retenues par un fermoir en or.

— Élégant, raffiné, d'un goût exquis.

Martin souleva le collier, passant son pouce sur les perles arrondies, appréciant leur texture soyeuse.

— Oui, je vais le prendre.

— Excellent. Je vais tout emballer et les mettre sur votre note.

Harold prit rapidement les bijoux et les pochettes de velours et les plaça dans des boîtes noires élégantes.

— La dame a beaucoup de chance, dit-il en les lui remettant.

— En effet.

Martin gloussa, mais il se sentait lui aussi chanceux d'avoir une femme aussi douce qui n'appartenait qu'à lui. Il quitta la bijouterie le pas léger. Ce soir-là, ils dîneraient tranquillement ensemble, puis il commencerait ses manœuvres de séduction. Cela prendrait aussi longtemps qu'il le faudrait jusqu'à ce qu'elle le supplie de se glisser dans son lit. Pour la première fois depuis des mois, il ne pouvait s'arrêter de sourire.

6

Livvy était pelotonnée dans un fauteuil de la bibliothèque en train de lire *Glenarvon* et d'apprécier chaque page délicieusement scandaleuse lorsqu'elle entendit Martin revenir. Elle ne pouvait s'empêcher de se demander quelles autres courses il avait bien pu faire après l'avoir ramenée. Elle ferma son livre et se leva du fauteuil, se glissant jusqu'à la porte de la bibliothèque. Elle était à peine entrouverte, et elle pouvait entendre Martin parler.

— Tout s'est bien passé cet après-midi ? demanda Harris.

— Oui, parfaitement bien. J'ai une excellente jument à ma disposition maintenant, et quelques présents devraient apaiser un peu son tempérament.

Livvy grimaça. L'estimait-il si peu qu'il la comparait à

une poulinière ? Et les cadeaux étaient censés l'apaiser ? Elle serra les poings.

— Au fait, où est-elle ? demanda Martin.

Furieuse, Livvy poussa la porte de la bibliothèque et regarda Martin d'un air froid.

— Votre poulinière est juste là.

Martin cligna des yeux, puis éclata de rire. Ne pouvait-il pas même *faire semblant* d'être gêné ? Elle aurait voulu le gifler.

Il s'approcha d'elle et lui prit le menton, toujours en souriant. Elle essaya de s'éloigner.

— *Vous* n'étiez pas la jument dont je parlais. Je vous ai acheté un cheval et j'avais l'intention de vous faire la surprise jusqu'à ce que je voie à quel point vous étiez bouleversée.

— Vous m'avez acheté un cheval ?

L'embarras fleurit sur son visage. Elle lui avait presque hurlé dessus en présence de son majordome, prête à crier qu'il était parfaitement épouvantable. La honte s'empara d'elle. Elle aurait voulu disparaître quelque part jusqu'à ce que ce sentiment passe.

— Oui, je l'ai acheté à un ami. Le vicomte Sheridan fait se reproduire des chevaux arabes et des pur-sang. Cette jument est... eh bien, je vous laisserai la voir demain, et vous pourrez alors me livrer vos pensées.

— Je... Je suis désolée. Mon emportement était malavisé et inexcusable...

Il posa un doigt sur ses lèvres.

— Vous n'avez pas besoin de vous excuser. Je mérite bien votre colère et votre suspicion vu la façon dont nous nous sommes rencontrés et...

Elle n'en dit rien, mais elle savait qu'il pensait à la façon dont elle lui *appartenait*. Cela ne faisait qu'ajouter à ses sentiments déjà conflictuels.

Martin sortit une montre à gousset de son gilet.

— Il reste une heure avant le dîner. Pourquoi ne pas vous changer et me retrouver dans la salle à manger à dix-neuf heures ?

Ses yeux bleus étaient doux et aimables, trop aimables. Elle aurait voulu le détester, mais elle n'y parvenait pas.

Elle hocha la tête et se précipita dans les escaliers. La honte la rongeait encore. Mellie était dans le couloir portant les vêtements neufs de Livvy, fraîchement repassés.

— Prête à vous habiller pour dîner, miss ? demanda la femme de chambre.

— Oui.

Elle suivit Mellie jusqu'à sa chambre à coucher et s'assit en attendant que la femme de chambre lui présente ses options. Il y avait la robe de soirée marron, une robe crème recouverte de gaze dorée, et une robe couleur capucin orange foncé. Livvy et Mellie examinèrent toutes les tenues.

— Vous dînez à la maison ce soir, alors peut-être la marron ? La coupe est simple, mais la couleur étonnante, suggéra Mellie.

—Je pense que vous avez raison.

Elle tourna le dos, laissant Mellie détacher sa robe, et la femme de chambre lui tendit des bas neufs et des ballerines doré foncé.

— Puis-je jeter ceux-ci ?

La femme de chambre soulevait les bas trois fois raccommodés.

— Oui, j'en ai plus qu'assez à présent.

Martin lui avait acheté une dizaine de paires de bas. C'était bien trop, mais elle devait admettre qu'elle aimait tout ce luxe.

Elle enfila les bas et serra les rubans, puis mit ses nouveaux jupons, sa chemise et son corset avant que Mellie ne l'aide avec la robe. Les manches descendaient jusqu'aux poignets et étaient bouffantes au niveau des épaules, mais elle aimait la souplesse de la robe en satin brun. Sous un certain éclairage, l'étoffe brillait d'un éclat rouge.

— Que voulez-vous comme coiffure ?

Mellie finit de remonter le dos de sa robe et la conduisit à la coiffeuse.

— Je pensais à un chignon et des boucles sur le devant et les côtés.

— Parfait.

Cela avait manqué à Livvy d'avoir une coiffeuse émérite à sa disposition. Leur unique femme de chambre était bien utile, mais les coiffures qu'elle maîtrisait étaient sévèrement dépassées. Elle était également obligée de passer la plupart de son temps à faire le ménage et ne pouvait pas s'occuper de Livvy ou de sa mère autant qu'elles l'auraient souhaité.

Mellie choisit un peigne en nacre que Martin avait acheté cet après-midi-là. Elle la peigna et pendant un moment, aucune des deux femmes ne parla.

— Travaillez-vous depuis longtemps pour Mr Banks ? demanda enfin Livvy.

La domestique lui peigna à nouveau les cheveux.

— Deux ans. C'est un maître juste et gentil, si c'est ce que vous demandez. Il ne prend jamais de libertés, si vous voyez ce que je veux dire.

— Je vois.

Livvy grimaça. Elle était peut-être innocente, mais elle savait que les servantes étaient souvent à la merci de leurs maîtres.

— Comment... Comment étaient ses autres maîtresses ?

Mellie gloussa.

— Je suis surprise que vous ne me le demandiez que maintenant. J'aurais posé la question hier soir.

Son honnêteté fit sourire Livvy.

— J'étais un peu dépassée hier soir. Je le suis

toujours, pour être honnête, mais je commence à comprendre ce que cela signifie d'être ici...

La femme de chambre mit le peigne de côté et commença à la coiffer.

— La plupart d'entre elles étaient de charmantes créatures, mais aucune n'était aussi douce que vous. Ce sont généralement des chanteuses d'opéra, des danseuses de ballet ou des courtisanes. Vous êtes la première vraie dame distinguée à mettre les pieds ici.

Cela la surprit. Elle s'était demandé si Martin avait déjà fait chanter d'autres femmes, mais cela n'en avait pas l'air.

— A-t-il déjà fait venir une femme ici pour...

Elle n'arrivait pas à trouver les mots sans qu'ils soient trop choquants.

— Pour ? demanda Mellie.

— Hum... Eh bien, je suis ici parce que mon père doit de l'argent à Mr Banks.

Sa femme de chambre la regarda d'un air ahuri.

— Que dites-vous ?

— Vous avez bien entendu. J'ai accepté de satisfaire la dette de mon père – *aoutch* !

Elle grimaça quand Mellie lui tira les cheveux.

— Je suis désolée, miss. Je m'imaginais l'étrangler et j'ai tiré trop fort.

Le visage de Mellie rougit d'embarras.

— Tout va bien, lui assura Livvy. Je voulais l'étrangler aussi au début.

— Il n'a jamais amené une autre femme ici pour une telle raison. Je pensais que c'était un meilleur homme que cela. Mais je ne vous ai jamais rien dit de tel, bien sûr, miss.

— Je comprends ce que vous ressentez, marmonna Livvy. Je dois être unique, dans ce cas. J'ignore si c'est dans le bon ou dans le mauvais sens.

— Peut-être est-ce positif ? suggéra Mellie. Il est différent avec vous.

— Différent comment ?

— Eh bien, cela ne fait qu'un jour, mais je dirais qu'il se comporte... de manière plus douce, plus incertaine. Comme un garçon qui rencontrerait une fille, pas un homme de vingt-huit ans.

Mellie continua à travailler ses cheveux jusqu'à finaliser la coiffure. De jolies boucles rebondissaient sur ses joues, encadrant son visage.

— C'est dommage que vous n'ayez pas de bijoux. La robe serait ravissante avec des boucles d'oreille et un collier.

Livvy plaça une main sur sa gorge nue, essayant de l'imaginer avec des bijoux.

— Ce n'est rien. Je suis sûre qu'il n'y prêtera guère attention.

Mellie plaça des fleurs blanches dans ses cheveux. Le

délicat parfum floral lui fit penser aux jardins au printemps.

— Où avez-vous trouvé ces fleurs ?

C'était l'hiver, et elle ne pensait pas que la femme de chambre se soit rendue chez un fleuriste.

— Le maître a une petite serre à l'arrière.

Une serre ? Elle aimait les fleurs et décida de demander à la visiter après le dîner.

— Nous y sommes, déclara Mellie avec un sourire. Vous êtes prête.

Livvy se leva, jeta un coup d'œil à son châle, le doré foncé assorti à la plupart de ses nouvelles robes, et se dirigea vers la porte. Martin l'attendait au pied de l'escalier. Elle retint son souffle quand il leva les yeux et la remarqua. Il était appuyé contre la rambarde, son physique mis en valeur dans un pantalon chamois et un gilet bleu foncé. Elle se lécha les lèvres en descendant les escaliers.

Une fierté masculine indomptée émanait de lui. Dès qu'elle l'avait vu pour la première fois, il lui avait donné envie d'agir de façon téméraire et audacieuse. Une part secrète d'elle, qu'elle n'écoutait pas en temps normal, l'imaginait l'embrasser, faire glisser ses mains puissantes le long de son corps et lui promettre toutes les choses sombres et délicieuses que les hommes faisaient dans ses romans gothiques. Elle était une mèche de bougie et il était une flamme. Ce qui se passerait entre eux serait inévitable, et elle ne comptait pas renier ses désirs.

À ce moment-là, elle prit une décision. Sa réputation ou ses perspectives étaient compromises, indépendamment de ce qui se passerait ou non entre ces murs. Par conséquent, elle était libre de choisir si quelque chose devait survenir ou pas. Elle était là pour être sa compagne, et c'était un bel homme. Elle *voulait* passer ses nuits dans son lit, et à en croire la passion dans son regard, elle pourrait même y prendre du plaisir. Sa mère lui avait expliqué que les femmes pouvaient apprécier le lit conjugal si leur partenaire était compétent. À la façon dont Martin la regardait, elle devinait qu'il pouvait être un amant talentueux.

Je lui accorderai ma confiance ce soir. S'il peut me donner du plaisir, alors peut-être que mon séjour ici sera agréable.

— Vous êtes ravissante, dit-il quand elle le rejoignit. Mais il manque quelque chose.

Son regard glissa sur elle de manière critique.

— Ah oui...

Il sortit une pochette de velours noir de derrière son dos et la lui tendit. Elle la prit, confuse, et en déversa le contenu dans sa main. Un collier de perles et une paire de magnifiques boucles d'oreilles tombèrent dans sa paume.

— Oh ! s'exclama-t-elle. Je ne peux pas...

— Mettez-les. Je voudrais les voir sur vous.

Il fit un geste vers un grand miroir accroché dans le hall. Elle s'en approcha, et il passa le collier autour de son cou. Puis elle mit les boucles d'oreille. L'effet était remarquable. Les perles sur sa peau accentuaient la soie brune de la robe. Il effleura son cou du bout des doigts. Elle réprima un soupir en réalisant combien c'était bon d'être touchée de la sorte. Il se pressa très légèrement contre elle, par-derrière. Sa peau s'embrasa, tandis qu'elle imaginait leurs corps pressés l'un contre l'autre comme s'ils ne faisaient plus qu'un. Il était dur, elle était douce, mais ensemble ils seraient parfaits. Cette pensée était si terriblement coquine et délicieuse qu'elle savait qu'il lui faudrait des siècles avant de cesser de rougir.

— Vous devrez prendre soin de les porter souvent. Les perles sont des êtres vivants. Elles ont besoin de respirer, d'être portées.

La voix douce et séduisante de Martin la fit trembler.

— Elles sont charmantes.

Elle toucha les perles au niveau de ses clavicules, appréciant leur sensation naturellement soyeuse. Elle n'avait jamais pensé que les perles étaient des êtres vivants, mais d'une certaine façon, c'était logique. L'idée que ces minuscules perles scintillantes aient autant besoin de soleil et d'air qu'elle était magique, et elle les aimait d'autant plus.

— Ma mère n'a jamais aimé les diamants ni les autres bijoux, mais avec les perles, c'était différent, déclara

Mr Banks. Elle était fascinée par l'idée qu'une simple huître puisse prendre un grain de sable, quelque chose de si commun et insignifiant, et le transformer en l'une des plus belles choses sur terre.

Livvy buvait ses paroles. Son cœur était déchiré à l'idée qu'il ait perdu sa mère si jeune. À l'époque, il avait un an de moins qu'elle. Elle ne pouvait pas imaginer perdre un parent, comment cela pouvait briser le cœur.

Mais il a survécu, parce qu'il est fort. Peut-être qu'être froid et sans cœur à l'extérieur est ce qui le protège ? Elle avait vu cette infinie tendresse dans ses yeux pendant de brefs moments où il pensait qu'elle ne pouvait pas la voir. Elle avait vu la même chose dans les yeux de son père quand il les regardait, elle et sa mère.

Mais je le vois. Il y a de la bonté en vous, et je ne laisserai pas le mauvais départ que nous avons pris ou les circonstances gâcher le temps que nous allons passer ensemble.

Elle savait qu'un homme moins droit que lui aurait profité d'elle sans attendre. Pourtant, Martin n'en avait rien fait.

— Êtes-vous prête pour le dîner ?

Le regard de Martin croisa le sien dans le reflet du miroir.

Elle se retourna pour lui faire face, souriant timidement.

— Oui.

Elle n'avait jamais dîné seule avec un homme auparavant.

— Tant mieux. Mon chef est impatient de nous servir des plats exquis de sa propre conception. Il est français, et il s'y connaît en cuisine.

— Vous avez un chef ?

Livvy glissa son bras dans le sien alors qu'il la conduisait dans la salle à manger. Elle n'arrivait pas à croire qu'il avait engagé un chef français. Seuls les vrais riches le faisaient.

— En effet. Et il est à la hauteur de sa réputation.

La salle à manger de Martin était charmante. Livvy observa les lambris en merisier de la moitié inférieure de la pièce et les murs peints en vert bouteille foncé au-dessus. La cheminée en marbre gris foncé était le point d'orgue de la salle, avec un miroir doré massif qui reflétait la lumière des fenêtres. Des tapis orientaux recouvraient les sols, et une table en bois de cerisier était dressée pour le dîner. On avait installé des couverts en bout de table et juste à côté. La pièce ne proclamait pas l'extravagance trop fort, mais montrait le niveau de luxe auquel Martin était habitué.

Elle désigna un groupe de quatre portraits.

— Qui sont-ils ?

Elle reconnut une peinture à l'huile du jeune Martin. Ses yeux bleus étaient à la fois courageux et affables. C'était l'homme qu'il avait été autrefois. Un homme dont elle serait tombée éperdument amoureuse s'ils s'étaient rencontrés dans d'autres circonstances.

Ses yeux s'adoucirent en étudiant les portraits, comme s'il revoyait ses parents en chair et en os, et non à travers des couches d'huile.

— C'est ma famille. Mes parents, moi-même, et ma jumelle, Helen.

— Une jumelle ? Vous avez une sœur ?

Il rougit légèrement. La couleur de ses joues était étrangement charmante.

— Hum... en effet. Elle vit près de Bath.

— Est-elle mariée ?

Livvy savait qu'elle ne devait pas être indiscrète, mais elle voulait en savoir plus sur sa vie.

— Elle l'est, à un homme nommé Gareth Fairfax. Ils ont deux enfants, un petit garçon et une petite fille.

Il sourit en tirant une chaise pour qu'elle s'asseye. Il fit de même, et un valet de pied apporta un plateau avec deux bols de soupe aux poireaux.

— Leur rendez-vous souvent visite ? demanda-t-elle avant de goûter la soupe.

Elle était délicieuse. D'habitude, elle trouvait la soupe aux poireaux un peu fade, mais le chef de Martin en avait fait quelque chose de remarquable. Était-ce de la coriandre qu'elle sentait ?

— Pas assez souvent. Je...

Il marqua une pause et s'éclaircit la gorge.

— J'ai tendance à passer mon temps à Londres à visiter les banques, à surveiller mes investissements.

— Cela semble assez... productif.

Mr Banks sourit.

— Vous voulez dire ennuyeux.

— Eh bien, aussi stimulantes que puissent être les finances, on dirait que vos expériences de la vie sont... limitées ?

Elle savait que cette remarque risquait de le contrarier, mais la vérité était qu'il avait l'air de s'ennuyer ferme en le disant. Il avait de l'argent et une famille, il aurait dû en profiter pour vivre une vie pleine d'aventures offrant de nombreux souvenirs.

Martin gloussa.

— Vraiment ? Je pense que vous avez raison. J'ai passé tellement d'années à essayer de m'assurer d'avoir argent et sécurité que je n'ai jamais pris le temps de m'amuser.

Livvy inclina la tête, l'observant à son tour. Était-il facétieux ?

Wade, le valet de pied, entra et débarrassa la soupe. Les domestiques apportèrent ensuite des assiettes d'oie, de haricots verts, de homard et un panier de pâtisseries avec du jambon braisé.

Martin sirotait son vin, l'observant pendant qu'elle goûtait l'oie.

— Si vous aviez la richesse et la liberté, que feriez-vous ?

— Moi ?

Elle était surprise qu'il s'en soucie, mais elle s'essuya délicatement la bouche avec une serviette lorsqu'il lui fit signe de poursuivre.

— Eh bien, je suppose que j'irais à l'opéra, voir des ballets, des pièces de théâtre. Je voyagerais dans le monde entier. J'ai toujours eu envie de voir l'Inde.

— Cela en fait des choses.

Elle haussa les épaules.

— La vie devrait être faite d'expériences. Si vous vous arrêtez et vous vous laissez engourdir par le monde qui vous entoure, alors vous ne vivez pas vraiment.

Elle savait que c'était le vin qui lui déliait la langue, mais elle ne semblait pas pouvoir s'arrêter.

— Mon père a été malmené ces dernières années et, même si je sais qu'il y a beaucoup de gens encore plus mal en point, je ne peux m'empêcher d'être triste de ne pas avoir la chance d'évoluer dans le monde. Pendant des années, nous avons vécu dans la pauvreté, et ma seule échappatoire était les livres. C'est pourquoi ils sont si importants pour moi.

Elle parvint finalement à s'arrêter.

— Je suis désolée. Je n'aurais pas dû parler si... si...

— Honnêtement ?

Martin s'adossa à sa chaise, caressant son menton en l'étudiant.

— *Honnêtement* est un joli mot pour mes bavardages.

— Vous me fascinez, dit-il d'une voix soyeuse et grave.

— Je vous fascine ? répéta-t-elle, son cœur battant soudain à toute vitesse.

Elle se concentra rapidement sur son repas, en espérant qu'il change de sujet.

— Vous exagérez.

Il se pencha en avant et finit par manger le contenu de son assiette.

— Qu'est-ce qui vous intéresse en Inde ?

— J'ai lu plusieurs livres à ce sujet. Les couleurs, la chaleur et l'exotisme m'attirent. La culture aussi. J'aimerais tant voir des endroits différents de l'Angleterre. Je voudrais sentir le goût du curry sur ma langue et regarder les locaux monter à dos d'éléphant et les femmes danser avec des bracelets en or aux poignets ou dans les ourlets de leurs robes.

Elle rougit et se tut pour ne pas monopoliser la conversation. Ils restèrent silencieux un moment de plus avant qu'il ne prenne la parole, son ton soudain enthousiaste.

— Je pourrais vous emmener en Inde.

Leurs regards se croisèrent, et elle sentit son cœur décrire un bond alors qu'un non-dit semblait passer entre eux. Un espoir léger mélangé à un désir ardent de se faire plaisir mutuellement.

— J'ai quelques amis stationnés là-bas, voyez-vous. Un capitaine de l'armée que je connais m'a souvent rappelé que je devais lui rendre visite. Nous pourrions y aller si vous le souhaitez.

Il parut se rendre compte qu'il avait été trop optimiste, et son visage s'assombrit, comme s'il essayait de mettre de la distance entre eux. Pourtant, elle voulait savoir s'il était sincère.

— M'emmèneriez-vous réellement en Inde ?

Il ne pouvait pas être sérieux. L'Inde était si loin, et ils étaient... Eh bien, elle ne savait pas trop comment définir leur relation, hormis qu'elle était sa compagne. Peut-être sa maîtresse. Les hommes emmenaient-ils leurs maîtresses en Inde ? Elle faillit glousser – la faute au vin.

— Je n'y suis jamais allé, mais j'ai moi aussi entendu parler de l'attrait de ce pays, et votre désir a ravivé mon propre intérêt. Après l'hiver, nous pourrons réserver la traversée.

Après l'hiver ? Il avait donc prévu de la garder près de lui après les fêtes ?

— Finissez votre dîner.

Ses mots, prononcés avec douceur, la ramenèrent au présent. Elle termina rapidement le repas, les mains tremblantes.

— Dites au chef que nous prendrons les glaces dans

ma chambre, si Miss Hartwell le souhaite, dit Martin au valet de pied avant que ce dernier ne commencer à débarrasser la table.

Il regarda Livvy, dans l'expectative. Elle savait qu'elle pouvait dire non, mais elle voulait dire oui.

— Cela semble être une merveilleuse idée, Mr Banks.

Martin se leva et s'approcha de sa chaise, lui tendant la main.

En acceptant, il n'y aura pas de retour en arrière possible.

Elle plaça sa paume dans la sienne, scellant ainsi son destin.

7

Martin prit la main de Livvy alors qu'ils quittaient la salle à manger. Le simple fait de la toucher, même innocemment, l'excitait. Il était aussi nerveux qu'un jeune garçon. Il avait vu la chaleur et le désir dans ses yeux, et cela l'avait enhardi. Pourtant, il lui avait donné sa parole. Et en réalité, il était de plus en plus réticent à suggérer une telle intimité vu les raisons de sa présence chez lui. Grand Dieu, à quoi avait-il pensé en forçant une femme à vivre sous son toit pour régler une dette ? Et pourtant, elle l'intriguait irrémédiablement. Si seulement ils s'étaient rencontrés dans des circonstances plus favorables.

Mais si elle le souhaitait, il lui offrirait tout un monde de plaisir. Il adorerait son corps pendant des heures jusqu'à ce qu'elle tombe dans un profond sommeil, exténuée. Cette pensée était si grisante qu'il avait du mal à contrôler son excitation.

L'horloge comtoise dans le hall sonna l'heure tardive, les doux tintements métalliques brisant le silence alors qu'ils montaient les escaliers donnant sur sa chambre.

Il ne pouvait s'empêcher de l'attirer contre lui en chemin. Le frôlement de ses jupes contre ses jambes était d'une douceur si distrayante. L'inclinaison de sa tête et l'interrogation momentanée dans ses yeux étaient comme les flammes tranquilles d'un feu aux premières heures du matin.

Il s'arrêta à la porte de ses appartements et se tourna vers elle, lui offrant son sourire le plus rassurant. Il leva sa main vers ses lèvres, effleurant le dos de ses doigts en croisant son regard. Elle acquiesça discrètement, puis il tourna la poignée et poussa la porte.

Le valet de pied avait allumé les lampes, et le feu dans sa chambre était confortable et attrayant. Comme celle de Livvy, la pièce était décorée dans un style égyptien avec des sphinx, des feuilles de lotus et des boiseries couleur d'or. Il s'était souvent demandé s'il n'était pas allé trop loin au niveau de la décoration, mais il appréciait l'aspect exotique des deux chambres à coucher.

Il n'était allé en Égypte qu'une seule fois, pour une courte période, mais son séjour avait laissé chez lui une envie persistante de nuits chaudes et étouffantes, de rideaux vaporeux aux couleurs vives et du murmure des joncs au bord du Nil. Il avait fait de son mieux pour ramener ces sensations chez lui. Son lit était grand, le cadre solide et la literie onéreuse, les tons rouge foncé offrant un côté plus masculin que les bleus doux de l'autre pièce.

— On dirait ma chambre, s'exclama-t-elle en lui souriant.

— Elle vous plaît ? J'ai un peu hésité pour la décoration, mais je trouve que c'est plutôt réussi.

— C'est magnifique ! J'adore le style égyptien.

Elle tendit la main vers la soie rouge qui entourait son lit avant de se tourner vers lui. Elle s'adossa au montant et releva la tête, croisant son regard. Seule une trentaine de centimètres les séparaient, et il vit l'éventail de ses cils foncés lorsqu'elle leva les yeux vers lui. Son corps était tendu par l'excitation, mais il ne voulait pas précipiter ce moment.

— Je suis déjà allé en Égypte, se rengorgea-t-il, puis il se sentit idiot de s'être vanté.

Mais ses yeux s'agrandirent.

— Vraiment ?

— Oui, c'était tout bonnement incroyable.

Il avait du mal à mettre des mots sur ce qu'il avait ressenti, mais il pouvait toujours essayer.

— Le climat y est chaud et sec, et il flotte dans l'air le parfum d'une fleur douce qui me rappelle le chèvre-feuille. Je pense que c'était les fleurs de lotus. J'ai adoré les couleurs et les plats épicés. En rentrant, j'ai trouvé la maison si fade.

Il s'approcha pour passer ses doigts sur sa joue, et elle pencha la tête pour approfondir le contact.

— Avez-vous visité les temples ? Ou les pyramides ?

Il hocha la tête avec enthousiasme.

— Karnak est sans doute mon préféré, mais les pyramides étaient impressionnantes. C'était un peu comme se tenir devant les portes des dieux égyptiens. Ces structures sont si immenses qu'il est difficile d'imaginer comment de simples mortels ont pu les construire.

— J'aimerais pouvoir voir le monde comme vous.

Elle poussa un petit soupir et cela lui fit mal au cœur. Il savait ce qu'elle ressentait : piégée, appauvrie, destinée à ne jamais quitter Londres. C'était le destin de la plupart des gens : ne jamais s'éloigner ni partir à l'aventure.

— Je vous promets que je vous emmènerai loin. Inde, Égypte… Nous irons où vous voulez.

Elle le regarda avec incrédulité. Il se pencha légèrement vers elle, lui prenant le visage, son regard partagé entre ses lèvres et ses yeux.

— Vous ne devriez pas faire des promesses que vous n'avez pas l'intention de tenir, murmura-t-elle d'une voix triste.

Cela fit naître une vive douleur dans sa poitrine.

— Si je fais une promesse qui vaut la peine d'être

tenue, c'est bien celle-là. Je vous emmènerai là où vous voulez aller.

Cette promesse venait du plus profond de son cœur. Il lui offrirait la chance d'échapper à la dure vie de Londres, ne serait-ce qu'un petit moment. Elle parut le croire et posa une main sur son épaule.

— Vous me donnez envie de croire en une vie pleine de beauté et de passion.

Il baissa les paupières et se concentra sur ses lèvres.

— Vous me faites ressentir la même chose.

Ces fichus papillons recommencèrent à s'agiter dans sa poitrine, et ils échangèrent un petit sourire rempli d'excitation nerveuse. Il ne put s'empêcher de laisser échapper :

— Je vous veux.

Puis il ravala sa stupide excitation. Pourquoi lui donnait-elle l'impression d'être de nouveau un jeune homme ? Il n'avait plus dix-huit ans.

— Je pense peut-être... que je vous veux aussi.

Elle leva la main, touchant son gilet. Ses doigts glissèrent sur la soie bleue, et il essaya d'ignorer la faim intérieure qui lui criait de l'attraper et de l'embrasser.

— Vous pensez ? Vous n'en êtes pas sûre ?

Il aperçut ses dents blanches alors qu'elle se mordait la lèvre inférieure.

— Je n'ai jamais fait cela avant. Je ne suis pas tout à fait sûre de savoir ce que c'est que de *vouloir* quelqu'un.

Sa confession innocente le fit gémir doucement. Il couvrit la main qui reposait sur son torse, en caressant le dos jusqu'à son délicat poignet.

— Qu'est-ce que cela vous fait quand je vous touche ? demanda-t-il en caressant sa peau.

— Cela me fait frissonner.

— En bien ou en mal ?

Martin observa ses yeux tandis qu'il faisait glisser ses doigts le long de son bras jusqu'à son coude. Elle battit des cils.

— En bien, répondit-elle.

— Et ceci ?

Il se pencha vers elle et détourna son visage pour pouvoir presser ses lèvres sur le point sensible situé juste derrière son oreille droite. Elle s'agrippa à ses épaules, haletant soudain lorsqu'il fit glisser le bout de sa langue sur sa peau. S'il y avait une chose qu'il savait, hormis comment bâtir une fortune, c'était comment embrasser une femme pour que son corps s'embrase.

— C'est aussi bon, haleta-t-elle.

Elle ne le repoussa pas, et quand il fit mine de reculer, elle s'accrocha à lui plus fort.

— Livvy, quoi qu'il arrive entre nous... je ne veux pas que vous vous sentiez obligée de le faire. Vous comprenez ?

Martin ne savait pas pourquoi il voulait soudain jouer les héros. Ils savaient tous deux qu'il la possédait en raison de la dette de son père, mais elle était encore libre de lui dire non... ou de préférence oui.

Ses yeux étaient embrumés par la confusion.

— Mais vous m'avez amenée ici pour...

— Je sais que je l'ai fait, mais je ne suis pas un monstre. Je vous ai amenée ici à cause de votre père et de la douleur qu'il m'a causée. Vous n'êtes pas lui, et je ne veux pas vous faire de mal. Bien que j'insiste pour avoir votre compagnie, je n'exigerai rien de votre corps, ni maintenant ni jamais. Mais... si vous avez envie de moi, si vous voulez partager mon lit, il vous suffit de me le dire.

Leurs corps se pressaient l'un contre l'autre, la chaleur augmentant tandis qu'elle réfléchissait à ses mots et à ses propres sentiments. Il pouvait voir son désir d'être avec lui lutter contre son besoin de prouver qu'elle avait du pouvoir. Elle leva les yeux vers les siens, et il y vit un regard audacieux qui lui donna de l'espoir.

— Je souhaite être ici... avec vous.

Elle vira au rouge vif et il se sentit presque étourdi par la joie que lui procurèrent ces mots.

Elle reprit la parole, mais un valet de pied frappa et entra avec un plateau de glaces au citron. Martin le lui prit des mains et remercia le domestique avant de refermer la porte.

— S'il vous plaît, j'insiste.

Il lui tendit un petit bol et une délicate cuillère à

dessert. Elle les accepta et s'adossa à nouveau au montant du lit, goûtant la glace.

— Vous pouvez vous asseoir sur le lit. Cela ne m'incitera pas à vous ravir, la taquina-t-il.

Mais cela fit naître en lui des idées terriblement coquines. Il savait comment procéder si jamais elle lui en donnait l'occasion.

Livvy se percha sur le bord du lit, et il la rejoignit. Ils mangèrent en silence, et quand elle eut fini, il prit son bol et le posa sur la table de nuit à côté du lit.

— J'aimerais vous remercier pour aujourd'hui, dit Livvy. Pour les vêtements, les bijoux, le cheval.

Elle touchait les perles en parlant.

— Vous n'avez pas besoin de me remercier, lui assura-t-il. Je ne faisais que respecter les termes de notre accord.

Il n'aimait pas penser qu'il achetait son affection. Cela ne l'avait jamais dérangé auparavant, mais ses précédentes maîtresses étaient venues à lui de leur plein gré. Avec Livvy, c'était différent.

— Je crains que notre histoire n'ait pas commencé du bon pied, admit-il.

— Certains le confirmeraient irrémédiablement, répondit-elle, mais son ton était coloré d'un léger amusement. Je devrais vous détester, mais je trouve que vous n'êtes pas si terrible que cela en définitive.

Elle parlait plus clairement à présent, moins effrayée par lui et leur situation qu'auparavant.

— Pas si terrible ? répéta-t-il, son orgueil quelque peu meurtri.

Elle croisa son regard. La bravoure se voyait dans ses yeux.

— J'ai besoin de plus de temps.

— Plus de temps ?

Alors tout n'était pas perdu. Elle ne lui avait pas demandé de la laisser tranquille. Livvy commençait à lui faire confiance. Elle comprenait qu'il ne lui ferait pas de mal et ne lui ôterait pas tout libre arbitre.

— Oui. Mais...

Son visage rougit.

— Vous pouvez m'embrasser pour me souhaiter bonne nuit.

Ses lèvres se recourbèrent en un sourire hésitant. Il pouvait voir son courage.

— Un baiser, alors, dit-il et il se pencha pour prendre son visage entre ses mains.

Ses yeux brillaient à la lueur des bougies et il sentit son corps tout entier se concentrer sur ses lèvres. Il lutta pour contrôler les courants vertigineux qui le traversaient.

Un baiser... Je dois faire en sorte qu'elle s'en souvienne.

Leurs lèvres se rencontrèrent dans une chaleur veloutée, faisant chanter le désir dans ses veines. Il explora sa bouche, prenant son temps, traçant le contour de ses lèvres avec sa langue. C'était comme s'ils partageaient des chuchotements intimes alors qu'ils respiraient à l'unisson. Comment embrasser Livvy pouvait-il lui procurer une telle extase ? Comment pouvait-il s'enivrer de son goût ? Plus il l'embrassait, plus son âme fatiguée semblait revenir à la vie.

Livvy frémit quand il se fit plus aventureux. Il voulait qu'elle sente son appétit, son désir palpiter entre eux. Il voulait rompre sa promesse d'un unique baiser et lui montrer que sa faim était égale à la sienne. Ses sens vacillèrent quand leurs bouches se séparèrent. Elle le serra à nouveau dans ses bras. Son envie de plus brillait dans ses yeux.

— Voilà votre baiser de bonne nuit. Bien exécuté, je l'espère.

Il lui caressa la joue avant qu'elle ne se glisse hors du lit et ne s'éloigne.

— En effet. À demain.

Elle recula jusqu'à la porte et s'engagea dans le couloir, mais son cœur battait encore la chamade longtemps après son départ. Tout son corps était crispé, et il savait qu'il lui serait difficile de se détendre après être passé à deux doigts de mettre Livvy dans son lit.

Il s'installa sur son lit et poussa un soupir de frustration. Jamais dans sa vie une femme n'avait eu une telle emprise sur lui.

J'ai peut-être commis une grave erreur en l'emmenant ici.

LIVVY PRESSA SES DOIGTS SUR SES LÈVRES, SOURIANT AU souvenir de ce baiser. Lui avait-elle vraiment demandé de l'embrasser pour lui dire bonne nuit ?

Je l'ai fait.

Et cela avait été merveilleux. Plus que cela même. Pourtant, il avait tenu sa promesse et n'était pas allé plus loin. Elle n'aurait pas dû lui demander de se limiter à un seul baiser. Pourtant, une petite part rationnelle d'elle était heureuse d'avoir réussi à gagner du temps pour calmer le jeu. Si elle agissait bêtement et fonçait tête baissée avec Mr Banks, cela risquait de lui briser le cœur.

Elle entra dans sa chambre et fut soulagée de voir Mellie étalant une fine chemise de nuit en dentelle sur le lit.

— Comment s'est passé le dîner ? demanda la femme de chambre.

— C'était charmant. Bien plus que je ne le pensais, admit Livvy.

— J'espère que le maître s'est bien comporté ?

— Assez bien, je dirais, gloussa-t-elle.

Il l'avait presque convaincue de mettre sa raison de côté et de passer la nuit dans son lit. Elle savait que cela arriverait à un moment ou à un autre, mais elle voulait montrer sa force, et surtout voir s'il tenait sa promesse de la laisser choisir la vitesse de leur relation.

Mellie tourna un doigt en l'air.

— Laissez-moi déboutonner votre robe.

Elle offrit son dos à la domestique et Mellie commença à s'affairer.

— Tant que vous appréciez votre séjour ici, c'est tout ce qui compte.

Livvy se mordit la lèvre en réfléchissant. Elle l'appréciait. Certes, Martin et elle n'avaient pas connu les meilleurs débuts, et certes, elle était là pour rembourser la dette de son père... mais elle se sentait moins contrainte que prévu. Elle avait moins l'impression d'être une prisonnière et plus une invitée. Peut-être sa situation ne serait-elle pas si terrible que cela en définitive ? La robe tomba à ses pieds, et elle attendit que Mellie défasse son corset.

— Il a dit qu'il m'emmènerait faire du cheval demain, ajouta-t-elle, puis elle se détendit en sentant les lacets se relâcher.

— Ce sera merveilleux. Il adore monter à cheval, même en hiver. Il a l'habitude d'y aller seul, remarquez. Ce sera un plaisir pour lui d'avoir une jolie dame pour l'escorter.

— Il ne montait pas avec... ses autres maîtresses ?

— Oh non ! gloussa Mellie. Il les emmenait seulement en voiture. L'équitation est une activité à laquelle il s'adonne généralement seul.

Information intéressante. Elle aimait l'idée de se distinguer des autres femmes avant elle, et ne voulait surtout pas être traitée de la même façon.

Une fois en chemise de nuit, elle enleva les boucles d'oreilles et le collier de perles et les plaça soigneusement entre les mains de la femme de chambre.

Mellie soupira.

— De si beaux bijoux.

— N'est-ce pas ?

Elle attendit qu'elle lui enlève les épingles de ses cheveux. Elles gloussèrent pendant que Mellie la peignait. Puis Livvy se mit au lit, et Mellie ajouta deux autres bûches dans la cheminée avant de disparaître dans le couloir et de laisser Livvy dormir.

Livvy souffla la dernière bougie près de son lit. Puis elle tapota son oreiller, se blottit sous les couvertures et ferma les yeux. Ce n'était pas convenable. Elle ne pouvait pas s'empêcher de revivre ce baiser et la sensation merveilleuse qu'il lui avait procurée. Cette pensée la tourmentait toujours. Elle tombait trop vite dans le jeu de séduction de Martin. Aucune dame qui se respectait ne l'aurait laissé faire. Pourtant, elle si.

Et si tout cela n'était qu'une supercherie élaborée ? Et s'il n'était pas l'homme qu'elle avait espéré, l'homme gentil, doux et séduisant qu'elle commençait à aimer ?

❧ 8 ❧

Hyde Park en hiver était vraiment magnifique. De la glace scintillait à l'extrémité des branches nues, tels des cristaux suspendus à des lustres. Livvy s'émerveillait de la vue depuis le dos de son nouveau cheval, une jument grise tachetée qui était la perfection incarnée. Le museau noir et les jambes sombres de la jument, ainsi que le mélange de taches gris foncé, étaient exquis et uniques. Le cheval était robuste comme un pur-sang, mais ses jambes étaient plus fines et incurvées comme un arabe.

— Alors ? Votre monture vous plaît-elle ? demanda Martin en plaçant son propre hongre gris foncé près du sien.

— Elle est merveilleuse. Où l'avez-vous trouvée ? demanda Livvy.

Elle surveillait attentivement les autres cavaliers du parc, car le sol était encore recouvert de glace, et elle craignait que leurs chevaux n'entrent en collision.

— Elle a été élevée par une de mes connaissances, le vicomte Sheridan. Je vous en ai déjà parlé. La duchesse d'Essex et lui ont développé un système d'élevage fructueux au cours des trois dernières années, produisant trois excellents poulains. La duchesse a d'excellents pur-sang, et Sheridan a des chevaux arabes. J'ai retrouvé Sheridan chez Tattersall et j'ai trouvé que cette jument serait parfaite pour vous.

Livvy tapota l'encolure du cheval et regarda Martin. Il avait l'air d'un gentleman dans sa culotte beige, son gilet vert et son manteau bleu foncé. Lorsque leurs regards se croisèrent, elle rougit au souvenir de leur baiser de la nuit précédente.

— Merci, s'empressa-t-elle de dire.

Une lueur d'amusement passa dans ses yeux bleus.

— De rien. Votre tenue d'équitation vous convient ?

Il évalua ses vêtements d'un œil critique.

— C'est parfait.

Elle rougit et détourna le regard. Elle ne s'habituerait jamais à ce que Martin la regarde ainsi... comme si elle lui appartenait. Il n'y avait aucune cruauté dans son regard. Il y avait de la possessivité, mais pas le type qu'elle espérait. Elle voulait – oui, *voulait* – qu'il la regarde avec la possessivité d'un homme passionnément amoureux. Dans les romans gothiques qu'elle chérissait, les héros étaient toujours assez insensibles au début et se transformaient ensuite en gentlemen épris.

Elle savait qu'une fois que Martin l'aurait renvoyée chez elle, elle n'aurait plus jamais cette chance. Aux yeux de la bonne société, elle serait perdue. Une marchandise endommagée. Elle aurait de la chance de pouvoir se cacher du monde, mais il était plus probable qu'elle doive chercher un autre protecteur.

Protecteur. Quel beau mot pour un homme qui l'utiliserait pour son propre plaisir. Ce ne serait rien de plus qu'une transaction commerciale.

Mon corps contre son argent.

Son estomac se contracta et elle releva le menton, regardant droit devant elle.

— Livvy, qu'est-ce qui ne va pas ? demanda Martin.

— Tout va bien.

Elle renifla. Hors de question. Elle ne pleurerait pas, pas devant lui.

— Livvy...

Martin attrapa les rênes de son cheval et le força à s'arrêter. Elle devait le regarder à présent.

— C'est l'air froid qui me fait couler le nez, mentit-elle.

Pendant un long moment, il la fixa, puis poussa un profond soupir et lâcha ses rênes. Ils se remirent en route. Ils firent le tour du parc, et Livvy remarqua soudain plusieurs morceaux de papier éparpillés sur le sol. Quelque chose était imprimé dessus.

— De quoi s'agit-il, Mr Banks ?

Elle désigna le sol.

— Je vais jeter un coup d'œil.

Il glissa de son cheval et s'agenouilla, ramassant un pamphlet. Puis il lut à haute voix.

À l'attention de J. Vrais. Considérant que vous avez pris possession de la Tamise par la force et la violence, je vous mets en demeure de quitter les lieux immédiatement. Signé D. Gelle. Imprimé par A. Verti sur la glace.

Il tourna le papier vers elle, en souriant soudain.

— Grand Dieu, ils doivent organiser une foire sur la glace !

— Qu'est-ce que c'est ?

Mr Banks remonta sur son cheval, toujours souriant.

— Vous deviez être une enfant lors de la dernière en 1814. La Tamise a totalement gelé et la ville de Londres a organisé une foire sur la glace. C'était tout un événement. J'y suis allé avec ma famille quelques jours avant...

Sa joie s'évanouit.

— Avant ?

— Avant... Ce n'est rien.

Martin fixa le texte pendant un long moment, et Livvy craignit de savoir ce qu'il voulait dire. *Avant que votre père ne me prenne tout.*

— Pouvons-nous y aller ? J'adorerais voir cette foire.

— Nous pourrions nous y rendre, déclara-t-il.

Une partie de son sourire revint alors qu'il rangeait le papier dans son gilet.

Ils quittèrent Hyde Park. Ce ne fut que lorsqu'ils arrivèrent chez Mr Banks que Livvy reprit la parole.

— Je suis désolée, dit-elle quand leurs yeux se croisèrent.

— Pardon ? À quel sujet ?

Il descendit de monture et s'approcha d'elle. Il tendit les deux mains vers elle. Elle se pencha et posa sa main sur ses épaules alors qu'il l'attrapait par la taille. Alors qu'il la reposait, leurs corps glissèrent l'un contre l'autre et elle eut le souffle coupé.

— Je sais ce que vous vouliez dire tout à l'heure. Je suis désolée que mon père vous ait causé tant de peine.

Ces mots lui pesaient et elle savait qu'elle devait les prononcer, même s'il n'était pas disposé à les écouter. Ses yeux bleus s'adoucirent, mais son expression restait indéchiffrable.

— Vous n'avez pas à vous excuser. Les enfants ne sont pas responsables des péchés de leurs parents.

Il repoussa une mèche de ses cheveux d'une main gantée.

— À présent, venez vous réchauffer à l'intérieur. Si vous souhaitez assister aux festivités, vous aurez besoin d'une robe chaude et de votre nouvelle cape.

Il la conduisit à l'intérieur et ordonna aux valets de

pied de leur apporter un déjeuner léger qui serait servi dans le bureau de l'un et la chambre de l'autre.

— Puis-je dîner avec vous dans votre bureau, Mr Banks ?

Livvy lui emboîta le pas après avoir remis ses gants d'équitation et son chapeau à Mellie, qui les avait rejoints au pied de l'escalier.

Il parut sincèrement surpris.

— Vous souhaitez dîner dans mon bureau ?

— Eh bien, oui, si vous m'y autorisez. Si vous ne voulez pas que je vous dérange...

— Non, cela me va, répondit-il et il attendit qu'elle le suive. Et s'il vous plaît, appelez-moi Martin.

Livvy devait admettre qu'elle était assez curieuse de voir son bureau. Les hommes ne permettaient pas souvent aux femmes de pénétrer dans leur sanctuaire privé. Elle n'était entrée dans le bureau de son père qu'une ou deux fois.

Martin s'arrêta devant une porte au bout du couloir et fit un pas en arrière après l'avoir poussée. Elle le précéda, jetant un coup d'œil autour d'elle. Les murs avaient la couleur de la forêt et les panneaux de bois clair à la base de la pièce lui conféraient un aspect distingué. Le bureau était grand, mais pas trop élaboré. Il était fonctionnel. La pièce présentait plusieurs étagères avec des livres, des paquets de documents, et de temps à autre des objets d'art décoratifs. Le reste de sa maison était clairement conçu pour impressionner les visiteurs, mais dans cet espace privé, elle pouvait entrevoir qui était vraiment Martin. Un homme tout entier voué à ses affaires. Elle frissonna, se demandant si cela s'appliquait à tout dans sa vie.

Ne suis-je rien de plus qu'une transaction commerciale pour lui ?

Il s'assit à son bureau, se concentrant sur une pile de lettres non ouvertes. Elle s'empressa de prendre un livre sur une étagère et s'installa sur l'un des deux fauteuils confortables qui faisaient face à son bureau. Elle ouvrit le livre, feuillant quelques pages avant de lever les yeux vers lui.

Ce qu'il lisait lui faisait froncer les sourcils. Soudain prise d'un désir malicieux, elle s'avança jusqu'au fauteuil et posa ses coudes sur le bord de son bureau. Elle le regarda fixement. Il était toujours penché sur les lettres, utilisant un coupe-papier pour décacheter la cire.

Livvy imita son froncement de sourcils, exagérant l'expression jusqu'à la comédie. Mais il ne la remarquait pas. Que faudrait-il faire pour qu'il lui sourie, se demanda-t-elle, ou au moins qu'il la remarque ?

Une pensée particulièrement espiègle lui vint. Elle tira la langue et abaissa ses joues pour écarquiller ses yeux, puis agita le nez. Ce mouvement attira enfin l'attention de Martin. Il laissa tomber la pile de lettres sur son bureau, renversant sa plume et sa bouteille d'encre.

— Bon sang ! grogna-t-il, se précipitant pour redresser la bouteille.

— Je suis désolée ! s'étrangla-t-elle. Je voulais seulement vous faire rire.

Il haussa un sourcil en signe de défi.

— Oh ? Eh bien, vous avez ruiné mes lettres. J'ai presque envie de vous mettre sur mes genoux et de vous donner une fessée.

C'était elle qui fronçait les sourcils à présent.

— Hors de question. Je suis une adulte, pas une enfant.

— Une adulte ne fait pas de telles grimaces !

— Oh, vous êtes impossible.

Martin fondit sur elle instantanément, attrapant son poignet et lui faisant faire le tour de son bureau. Elle couina lorsqu'il la pencha sur ses genoux et lui administra une bonne fessée. Qui ne lui fit pas mal le moins du monde en raison de ses jupes et de ses jupons, mais il n'avait pas besoin de le savoir.

— Comment *osez-vous* ?

Il lui administra d'autres tapes, mais plus légères que les premières, malgré ses protestations. Sa fierté avait pris un coup lorsqu'il la laissa se relever, mais il ne la libéra pas pour autant. Il l'attira sur ses genoux pour qu'elle s'asseye sur lui, et ses mains se posèrent sur sa taille tandis qu'il la regardait, puis il sourit et gloussa soudain.

— Amusez-vous à refaire cette tête, la défia-t-il.

Il y avait une lueur sensuelle dans ses yeux. Elle s'agrippa à ses épaules, ses yeux s'attardant sur ses lèvres. Ses mains se resserrèrent sur sa taille comme un encouragement silencieux.

Il veut que je l'embrasse, que je fasse le premier pas.

Elle le voulait aussi. Elle avait réussi à lui arracher un sourire, et il avait même ri un peu. Sa peau se réchauffa à cette idée. Son sourire était purement masculin alors qu'elle approchait son visage du sien. Livvy savait qu'elle se laissait avoir par son attirance pour lui, mais elle ne put s'empêcher de presser ses lèvres contre les siennes. Le besoin brut rencontra le désir pur et leur baiser devint plus passionné. Il enroula une main dans ses cheveux à la base de son cou. Le désir qu'il faisait naître en elle était d'une force surprenante. Elle craignait qu'il ne ruine sa réputation pour tous les hommes futurs.

Mais cela n'avait pas d'importance. Du moins, cela en avait, mais elle savait que cela n'aurait *pas* d'importance une fois qu'il en aurait fini avec elle. Aucun autre homme ne voudrait d'elle, sauf en tant que maîtresse. Ses rêves de mariage et d'enfants s'envoleraient. Le chagrin s'empara de son cœur, et elle sépara ses lèvres des siennes. Il la regarda fixement, les yeux toujours aussi brillants de désir.

— Je... ne me sens pas très bien. Je pense que je vais retourner dans mes appartements après tout.

Elle glissa de ses genoux et se précipita vers la porte.

— Livvy ? Livvy, attendez, je suis désolé !

Martin se précipita derrière elle, mais quand il la rattrapa à la porte, glissant un bras autour de sa taille, elle posa une main sur son torse.

— Ai-je... Ai-je été trop brutal ? Je ne faisais que jouer. Je ne voulais pas...

Il cherchait ses mots, le visage pâle.

— Ce n'est pas cela, murmura-t-elle en rougissant. J'ai apprécié votre espièglerie, mais...

Il avait l'air si concerné, mais elle devait garder ses distances.

Si je ne le fais pas, je ferai quelque chose de terriblement stupide comme tomber amoureuse de l'homme qui m'a forcée à vivre sous son toit pour régler une dette.

Elle se mépriserait si elle tombait si bas... et elle aurait le cœur brisé.

— Qu'y a-t-il ?

Martin lui prit le menton. Ce contact était si agréable qu'elle se laissa faire. Elle ne pouvait pas lui dire la vérité. Il n'aurait pas compris.

— Problèmes féminins, dit-elle en espérant qu'il la croirait.

Elle posa sa main sur son ventre.

— Oh ? Oh ! Puis-je faire quelque chose ?

— Non, j'ai juste besoin de m'allonger et de me reposer.

— Je vois. Très bien, je vais vous faire monter votre nourriture.

Le bout de ses doigts passa de son menton à sa taille, et il la serra doucement.

— J'avoue que je ne sais pas grand-chose sur...

Il rougit à nouveau.

— Mais s'il vous plaît, s'il y a quelque chose... Un bain chaud, peut-être ? Si je puis faire quelque chose pour aider ?

— Je vous promets que je vais bien. J'ai seulement besoin de me reposer... seule.

Il parut blessé par sa réponse.

— Je comprends. Faites ce dont vous avez besoin pour être à l'aise.

Il lâcha prise et fit un pas en arrière. Livvy sentit la distance se creuser entre eux, un gouffre béant qui lui faisait mal au cœur. Mais cette douleur était la bienvenue si elle permettait de la protéger.

— Reposez-vous bien. Si vous vous sentez mieux, nous pourrons essayer d'aller à la foire plus tard cet après-midi.

Elle hocha la tête et quitta son bureau. Le temps qu'elle atteigne sa chambre, elle se sentait engourdie et gelée à l'intérieur. Mellie l'aida à enfiler une robe de chambre confortable pour qu'elle puisse se reposer sur le lit. Un valet de pied lui apporta de la nourriture un peu plus tard, mais elle mangea à peine. Mellie s'attarda près de l'armoire, accrochant sa tenue d'équitation, ses yeux inquiets dérivant vers Livvy.

— Miss... est-ce que tout va bien ? demanda-t-elle.

— Je...

Livvy ferma les yeux un instant, puis croisa le regard de la femme de chambre.

— J'ai peur.

Mellie inclina légèrement la tête.

— Peur de quoi ?

— De tomber amoureuse de lui.

La femme de chambre ferma la porte de l'armoire et vint se percher sur le bord du lit.

— Pourquoi avez-vous peur de cela ?

— Parce que...

Elle prit entre ses doigts le tissu bleu foncé de la robe de chambre que Martin lui avait offerte. Elle était jolie, comme tout dans cette maison, comme tout ce qu'il lui avait acheté.

— Parce que... ? insista Mellie.

— Il ne se soucie pas de moi, pas de la même manière. Je ne suis qu'une passade et il m'abandonnera dès qu'il se lassera de moi. Je ne veux pas aimer quelqu'un ainsi. L'amour est spécial. Il a un sens. Mais ce qu'il ressent pour moi n'en aura jamais.

Les yeux bleus de Mellie brillaient d'amusement.

— Je pense que vous pourriez vous tromper.

— Je crains que non. Vous ne le connaissez pas, vous

ne savez pas à quel point il méprise mon père. Une telle haine effacera forcément les sentiments qu'il pourrait avoir pour moi. J'ai peur que ce ne soit que temporaire, qu'il devienne froid et insensible et...

Elle s'étrangla sur le dernier mot quand elle vit Martin debout dans l'embrasure de la porte. D'après l'expression de son visage, elle comprit qu'il avait entendu chaque mot.

— Martin...

Elle voulut se lever, mais il tourna les talons et disparut. Elle se débattit pour sortir du lit, manquant de trébucher dans sa hâte d'enfiler sa robe de chambre, mais elle ne put l'atteindre à temps. Il claqua la porte de sa chambre, et elle entendit le verrou.

— Martin, s'il vous plaît, laissez-moi vous expliquer, cria-t-elle derrière la porte.

Elle n'entendit aucun son, aucun soupçon de respiration, aucun bruit de bottes. Seul le silence, si épais qu'il menaçait de l'étouffer.

Deux valets postés en haut de l'escalier l'observaient. Elle baissa la tête et se précipita dans sa chambre, se jetant sur son lit et enfouissant son visage dans les oreillers. Son cœur était meurtri et elle sentait les sanglots arriver. Mellie lui tapota doucement le dos avant de partir et Livvy entendit la porte de sa chambre se refermer.

Elle cligna des yeux pour chasser les larmes qui trempaient l'oreiller. Elle ne voulait pas qu'il l'entende. Elle n'était même pas sûre de penser ce qu'elle avait dit. Il ne s'était jamais montré froid ou insensible, sauf la première nuit où il l'avait ramenée chez lui. Il avait été chaleureux et réconfortant depuis.

Si elle l'avait blessé, alors c'était *elle* qui avait été insensible. Elle savait qu'elle n'avait pas à se sentir coupable, mais cela ne changeait rien à ce qu'elle éprouvait. Il lui avait témoigné de la gentillesse, ne l'avait pas poussée, ne l'avait pas forcée à partager son lit. Il l'avait laissée prendre le contrôle, et elle l'avait récompensé avec des paroles cruelles.

Elle se figea en réalisant quelque chose. *Je le veux. C'est inutile de combattre mes propres désirs.*

Si elle se donnait à lui, l'amour pourrait peut-être naître de ce rapprochement. Elle devait prendre le risque. Mais comment ?

❦   9   ❦

Martin attendit un quart d'heure avant de s'éclipser de sa chambre et de convoquer son majordome. Harris le retrouva dans le couloir, souriant.

— Quels sont vos projets à Miss Hartwell et vous ce soir ? Raphael adorerait essayer de nouvelles recettes.

— Je suis désolé, Harris, dites à Raphael que je dîne dehors ce soir. À mon club. Je ne rentrerai peut-être pas cette nuit.

Harris écarquilla les yeux.

— Oh ? Et qu'en est-il de Miss Hartwell ?

— Elle restera ici. Vous pourrez lui servir à manger dans sa chambre. Elle ne doit pas sortir, et personne ne doit venir la voir. C'est compris ?

— Oui, oui, bien sûr, monsieur.

Harris fit signe à un valet de pied de le rejoindre.

— Devons-nous préparer votre voiture ?

— Oui. Je serai dans mon bureau. Venez me chercher quand elle arrivera.

Il quitta le hall et entra dans son bureau, l'air renfrogné. La tâche d'encre avait été nettoyée, ses lettres remises en ordre, et pourtant il pouvait encore sentir Livvy dans ses bras, le sourire malicieux sur son visage lorsqu'elle le cherchait. Elle s'était montrée ardente, chaleureuse et adorable, mais quelque chose avait changé.

Elle m'a traité de froid et d'insensible.

Les mots s'accrochaient encore à lui comme des ronces acérées. Il n'avait pas trouvé qu'il avait été dur, du moins pas le jour même ni la veille. Mais qu'en savait-il ? Il avait enfoui son cœur si profondément qu'il était probable qu'elle ait pris son besoin d'être distant pour de la froideur et de la cruauté.

Mais il ne pouvait pas, *ne voulait* pas changer, pas même pour elle. Il n'était pas prêt à éprouver des sentiments pour la fille de l'homme qui avait tué sa mère et détruit sa vie. Cela ne pouvait tout simplement pas se produire. Il profiterait de la compagnie de Livvy, et plus encore si elle le permettait, mais développer des sentiments à son égard ? Hors de question. Elle était la dernière femme sur terre dont il pouvait tomber amoureux. Et elle ne tomberait jamais amoureuse de lui non plus. Le sentiment d'obligation dû à la dette de son père se dresserait toujours entre eux.

Même s'il trouvait un moyen de passer outre sa haine pour son père, sa sœur jumelle le verrait comme une trahison. Et il devait protéger Helen. Il l'avait laissée tomber une fois auparavant et avait bien failli la perdre. Il ne pouvait pas courir ce risque à nouveau. Il resta assis sur sa chaise, plongé dans ses souvenirs d'une décennie plus tôt, pendant un temps incalculable avant de réaliser que son valet de pied se tenait dans l'entrée, chapeau et manteau à la main.

— Votre voiture est prête, monsieur.

— Merci.

Martin se leva et enfila son manteau. Il se dirigea vers la porte d'entrée et, avec un signe de tête à Harris, quitta la maison.

Il s'installa dans sa voiture et ferma les yeux alors que le véhicule s'ébranlait. Il passerait peut-être la nuit chez Brooks pour s'offrir un peu d'espace. Cela leur ferait du bien à tous les deux. Il se protégerait ainsi, et Livvy apprendrait que ses paroles et ses actes avaient des conséquences. Tout comme les actes de son père avaient eu des conséquences.

Quand il arriva chez Brooks au numéro 60 de St James's Street, il eut l'impression d'avoir vieilli d'une douzaine d'années. Ce matin-là, lorsqu'ils étaient partis à cheval, il s'était dit que la journée se terminerait en beauté, avec Livvy dans son lit. Il n'avait pas prévu de se rendre à son club, l'humeur maussade. Il remarqua l'effervescence qui régnait dans les salles de jeu lorsqu'il entra. Le club était bien connu pour ses mises élevées. Des fortunes se faisaient et se défaisaient. Il ne s'attarda qu'un instant dans l'embrasure de la porte, regardant les jeunes gens jouer leur destin aux cartes. Il se demandait qui seraient les gros parieurs ce soir-là. Un jeune garçon, l'un des nombreux employés de Brooks, récupéra son chapeau et son manteau.

— Puis-je faire autre chose pour vous, monsieur ? demanda-t-il.

— Voyez s'il y a une chambre libre ce soir. Auquel cas, réservez-la-moi. Mettez-la sur la note de Martin Banks.

—Je m'en occupe, monsieur.

Le garçon s'éloigna d'un pas précipité. Martin quitta le couloir principal et se dirigea vers les salles de réunion, mais il se figea lorsqu'il entendit le nom de Hartwell circuler.

— Hartwell vous doit deux mille livres ? demandait l'homme à son compagnon.

Martin hésita, s'attardant dans la pénombre pour écouter les deux gentlemen qui se tenaient au bout du couloir, près de la salle de jeu où ils se trouvaient quelques instants auparavant.

— En effet, et j'ai dans la tête de collecter cette dette d'une autre manière.

Le deuxième homme rit. Il avait peut-être l'âge de Martin ou quelques années de plus, mais ses lèvres avaient une torsion cruelle.

— Que comptez-vous faire, Stamford ? demanda le premier.

Lord Stamford ? Martin grinça des dents intérieurement. La rumeur voulait que cet homme soit un goujat qui avait peu de respect pour les femmes et les animaux.

— Hartwell a une fille. Une petite pêche bien mûre, à ce qu'on m'a dit. S'il veut éviter la prison pour dettes, il n'a qu'à me la confier. J'ai entendu dire qu'un autre type l'avait déjà fait il n'y a pas si longtemps pour rembourser une dette. Cela ne devrait pas être trop difficile de faire de même, en supposant que l'autre homme n'en ait pas trop profité.

Stamford éclata d'un rire cruel.

L'estomac de Martin se contracta violemment. Cet homme était un miroir sombre de lui-même. Il avait pris Livvy tout comme cet homme avait prévu de le faire. Il n'était pas meilleur que Stamford, excepté qu'il laissait à Livvy le choix de grimper ou non dans son lit. Mais cela ne lui apporta aucun réconfort. Il déglutit violemment, sentant le goût de la bile alors qu'il essayait de ne pas penser à la ressemblance entre ce misérable et lui.

— Cela fait longtemps que vous ne vous êtes pas

offert un peu de mousseline, pas vrai ? dit le premier gentleman en ricanant.

— Pas si longtemps que cela, mais je l'enfournerai bien quelques heures par jour, et une gentille petite créature comme cela...

Stamford laissa échapper un grognement de plaisir, et son ami éclata de rire.

Martin vit rouge et se précipita vers les deux hommes. Il se jeta sur Stamford et le plaqua contre le mur. Le frapper lui fit du bien. Cela avait quelque chose de cathartique, mais Martin refusait de se livrer à toute analyse.

— Comment osez-vous dire cela ? s'écria-t-il.

— De quoi diable parlez-vous ?

Stamford serra les poings, furieux, puis frappa Martin au visage.

Il prit le coup de plein fouet, grognant lorsque son œil gauche fut touché. Il lâcha Stamford un instant.

— Si vous touchez à un seul cheveu de Miss Hartwell, je vous tue.

Il ne pouvait pas revenir sur ce qu'il avait fait à Livvy en l'emmenant loin de chez elle, mais il pouvait la sauver d'un homme comme lui.

Stamford se gonfla.

— Oh ? Elle vous plaît aussi ?

Il commença à lisser son gilet, mais Martin se jeta à nouveau sur lui.

— Attendez !

Le premier homme s'interposa entre eux, appuyant une paume sur leurs deux torses.

— Nous pouvons régler cette affaire.

— Vraiment ?

Stamford rit sombrement. Son air suffisant fit naître chez Martin des pulsions sauvages.

— Je serais heureux de régler cela sur le terrain, grogna Martin.

Stamford répondit avec un sourire carnassier.

— Tout comme moi, Mr....

— Banks. Martin Banks.

— Vous êtes le type qui a acheté la gamine.

Stamford eut un sourire diabolique.

— Et je suis le type qui va vous descendre, prévint Martin d'un ton sombre.

— Attendez, Banks ? J'ai entendu parler de vous ! dit le premier homme. Vous êtes un faiseur de fortunes, à ce que l'on dit.

Martin savait que le compagnon de Stamford faisait de son mieux pour apaiser la tension évidente, mais Martin n'en avait que faire.

— Littleton Field. Demain à l'aube.

— C'est d'accord. À demain.

Stamford hocha la tête. Son compagnon et lui battirent précipitamment en retraite vers les salles de jeu.

Martin entra en trombe dans les salles de lecture et se jeta sur le fauteuil le plus proche. Il resta assis là, à ruminer sa rencontre avec Stamford pendant un certain temps avant que quelqu'un ne lui tende un verre de brandy.

— On dirait que vous en avez bien besoin, mon vieux.

Rodney Bennett gloussa en prenant un fauteuil à côté de Martin.

— Je suppose que oui.

Il accepta le brandy et en prit une longue gorgée, ignorant la brûlure ardente du liquide dans sa gorge.

— Laissez-moi deviner. Stamford et vous allez vous affronter en duel demain ? demanda Rodney.

— Comment diable pouvez-vous le savoir ? grogna Martin.

— Il s'en vante dans les salles de jeux. Quel bâtard arrogant.

Martin grimaça en sentant que son œil commençait déjà à gonfler. Il serait chanceux d'y voir assez clair pour pouvoir viser.

— Vous aurez besoin d'un second, dans ce cas ?

Le ton de Rodney était léger et bien trop normal. Mais là encore, il était déjà passé par là. Cela remontait à plusieurs années, lorsque Martin avait perdu le reste de ses maigres fonds au profit d'un dénommé Gareth Fairfax. Gareth l'avait défié en duel, et Rodney avait été son second.

Seulement, je n'ai jamais fait ce duel. Helen l'a fait à ma place.

Et Gareth était tombé amoureux d'elle, cette femme courageuse qui s'était battue en duel déguisée en son frère jumeau. Si elle apprenait qu'il s'était embarqué dans un nouveau duel, elle risquait bien de l'étrangler. Mais il devait le faire, pour protéger Livvy, parce qu'il était le monstre qui l'avait mise dans cette situation.

— Martin, qu'est-ce qu'il y a, mon vieux ?

Rodney se pencha en avant, des lignes d'inquiétude marquant son visage.

— Avez-vous déjà pris conscience qu'un de vos actes était incorrect et qu'il a pu causer plus de tort que vous ne le souhaitiez ?

Rodney fronça les sourcils.

— Je ne suis pas sûr de suivre.

— J'ai provoqué Stamford en duel parce qu'il voulait s'approprier une femme pour régler les dettes du père de cette dernière.

— C'était noble de votre part.

Son ami sourit.

— Absolument pas.

Martin soupira. On aurait dit qu'il portait le poids du monde sur ses épaules, ce qui était exactement ce qu'il ressentait.

— Que voulez-vous dire ?

— J'ai déjà acheté la fille il y a quelques jours pour rembourser la dette de son père. Je ne vaux pas mieux que Stamford.

Rodney pâlit.

— Vous avez *acheté* une femme ?

Martin acquiesça. Son estomac était encore noué.

— J'ai acheté sa compagnie, même si maintenant je crois qu'il y a peu de différence.

— Mais... comment ?

— C'était la nuit où nous sommes allés à l'Argyll Rooms. Le père de la fille et moi avons un passé, une histoire de nature personnelle et d'inimitié de ma part. Je l'ai vu perdre, et j'en ai profité. En fin de compte, il me devait une somme énorme, bien plus que ce qu'il pouvait payer, et je me suis rendu chez lui, avec l'intention de le mettre dehors. Et puis je l'ai vue. Elle était adorable et courageuse et... Elle s'est offerte à moi. J'ai accepté. Je l'ai ramenée chez moi cette nuit-là.

— Bon Dieu !

Le visage de Rodney était rouge de colère.

— Renvoyez-la chez elle !

— Je voudrais bien, mais... Je ne peux pas.

Martin prit une profonde inspiration.

— Si je le fais, je crains que Stamford ne se présente sur le pas de la porte de son père, exigeant la même chose. Je crains que d'autres n'en entendent parler et ne cherchent à obtenir similaire satisfaction. Qu'ai-je fait ?

Il enfouit son visage dans ses mains, appuyant si fort sur ses yeux qu'il vit des étoiles.

— Mais vous n'avez pas… ?

Rodney s'éclaircit la gorge.

— Non. Elle n'a rien à craindre de moi. Si elle me veut, elle n'a qu'à demander, mais je ne la forcerai pas.

Son ami hocha la tête.

— Tant mieux. Je vous dénoncerais moi-même, ami ou pas, si vous faisiez une chose pareille à une femme.

— C'est parce que vous êtes un homme bon, dit Martin. Bien meilleur que moi.

— Eh bien, je n'en sais rien.

Rodney éclata de rire avant de redevenir sérieux.

— Ainsi donc demain, vous affronterez Stamford en duel. Où et quand ?

— Littleton Field à l'aube.

— J'y serai, déclara Rodney. Comptez-vous dormir ici ce soir ?

Martin acquiesça. Il ne pouvait pas s'imaginer rentrer chez lui compte tenu des circonstances.

— Alors, reposez-vous et demandez à quelqu'un d'examiner cet œil. Il risque d'enfler et de compromettre votre vision demain.

— Merci.

Martin tapa sur l'épaule de Rodney alors que

l'homme se levait de son fauteuil et se dirigeait vers la sortie. Il allait sans doute rentrer chez lui auprès de sa femme et de ses enfants, et pour la première fois, Martin l'envia. Pendant une brève seconde, il osa imaginer que Livvy était à la maison, qu'elle l'attendait avec un bébé dans la chambre d'enfant, lui adressant un sourire chaleureux en le voyant.

C'est une vie que tu n'auras jamais. Certainement pas avec elle.

Cette pensée lui glaça le cœur, et il prit son brandy. Ce serait son seul compagnon pour affronter la nuit froide qui s'annonçait.

Livvy fixait l'horloge sur la cheminée de ses appartements. Il était presque minuit. Elle n'arrivait pas à dormir. Pas après la façon dont elle avait blessé Martin par ses mots. C'était sa faute si elle l'avait fait fuir. Mellie lui avait appris qu'il était parti pour son club et qu'il ne rentrerait pas ce soir-là. Il avait demandé au personnel de veiller à ce qu'elle ne sorte pas de sa chambre, mais quelque chose lui disait que les domestiques n'appliqueraient pas ces directives. Elle sortit de la pièce sur la pointe des pieds, enroulant sa robe de chambre autour d'elle pour se réchauffer. Heureusement, la maison de Martin n'était pas aussi froide que la sienne.

Elle atteignit sa chambre à coucher. La porte était déverrouillée, et elle se glissa à l'intérieur. Son valet était là, polissant une paire de bottes appartenant à son maître. Il sursauta en la voyant et rougit.

— Désolée. Je ne voulais pas vous déranger.

Elle recula vers la porte.

— Tout va bien, miss. J'ai fini. D'habitude, je descends les bottes, mais comme le maître est sorti...

Le valet passa le chiffon à polir sur le bout de la botte, puis rangea les chaussures dans l'armoire adossée au mur, dans le coin le plus éloigné.

— Merci.

Elle s'appuya contre le lit magnifique, regardant le valet ranger les bottes.

— Avez-vous besoin de quelque chose, Miss Hart-well ? Avant que je parte ? demanda-t-il.

— Oh... Non, merci.

Elle jeta un coup d'œil vers la cheminée, où le feu commençait à mourir.

— Sauf peut-être plus de bûches. Je pourrais alimenter le feu moi-même, si cela ne vous dérange pas.

— Pas du tout.

Le domestique s'inclina.

— Je vais demander à un valet de pied de vous en apporter.

Après son départ, elle se promena dans la pièce, examina la bassine en porcelaine fine, le rasoir, le parfum de santal dans un petit flacon. Elle inspira profondément. L'odeur fit remonter des souvenirs, des souvenirs *vifs* de Martin la serrant contre lui, l'embrassant d'une manière à la fois impitoyable et délicieuse. Elle n'avait jamais imaginé que des baisers pouvaient être aussi passionnés, merveilleux, effrayants.

Et je l'ai chassé. Quelle importance qu'il l'ait achetée ? Ses sentiments n'étaient-ils pas primordiaux ? Elle se sentait bien quand il l'embrassait, bien quand leurs souffles se mêlaient et que leurs corps se pressaient l'un contre l'autre. Peut-être que c'était tout ce qui comptait.

La fierté − *sa* fierté − ne devrait pas compter, plus à présent. Le mal était fait. Elle n'était plus innocente d'après les normes de la société. Ne devrait-elle pas au moins savourer les péchés au nom desquels elle serait irrémédiablement compromise ?

Elle risquait de tomber amoureuse de lui, mais c'était peut-être inévitable. Elle était déjà attirée par lui. Ce n'était pas une simple fascination charnelle, mais tout autre chose. Son regard hanté lorsqu'il parlait de sa famille et de la mort de sa mère, les soupçons d'amusement réticent dans ses yeux bleus mystérieux, la tendresse de ses lèvres et l'appétit de ses mains créaient en elle un enchevêtrement d'émotions. Elle ne pouvait pas le voir comme une seule chose. Il n'était pas l'homme froid et insensible qu'elle avait mentionné à Mellie. Il était tout sauf cela.

Livvy grimpa dans son grand lit et fixa le feu faiblissant, son esprit perdu dans un tourbillon chaotique de pensées.

Dois-je prendre le risque ? Oserai-je me livrer corps et âme, et prier pour que l'impression que j'ai eue de lui soit réelle ? Un homme comme lui peut-il apprendre à m'aimer ?

L'espoir était tout ce à quoi elle pouvait s'accrocher dans l'obscurité. L'espoir de trouver les réponses, et l'espoir qu'une fois l'aube arrivée, Martin reviendrait.

✿ 10 ✿

Martin tourna le pistolet dans sa main, sentant le poids du métal et le froid de la crosse en bois poli dans sa paume. Le champ était silencieux. Le ciel précédant l'aube était illuminé d'une pâle lumière violette. La voiture transportant Stamford et son second, l'homme de la veille, Stephen Albright venait d'arriver. C'était l'heure de vérifier les armes.

— Qu'en pensez-vous ? Est-ce qu'il vise juste, selon vous ? glissa Rodney à Martin.

— Qu'est-ce que j'en sais ? Je manipule rarement ces fichues choses.

— Que dites-vous ? s'étrangla Rodney. Bon sang, savez-vous au moins tirer ?

— Bien sûr que oui.

Il avait déjà tiré à la carabine lors d'une chasse au faisan, mais ce n'était pas la même chose que de manier un pistolet de duel.

— Êtes-vous satisfait de l'arme, Mr Banks ? demanda Mr Albright.

Il jeta un regard nerveux à Stamford, qui les regardait fixement.

—Je suppose, répondit Martin.

Il s'était réveillé ce matin-là avec un mal de tête carabiné et un sentiment d'effroi, et ce n'était que lorsque le domestique était venu lui servir un rapide petit-déjeuner qu'il s'était rappelé qu'il devait affronter Stamford moins de deux heures plus tard.

— Il y a une dernière chance de réconciliation, intervint Rodney. Mr Stamford, je crois comprendre que vous avez tenu des propos déplaisants et peu courtois envers une jeune femme hier soir. Retirez-vous de tels commentaires ?

Rodney s'était placé devant Martin, faisant office d'émissaire. À cet instant, Martin vit à quel point c'était un bon ami. Au fil des ans, Rodney les avait toujours soutenus, Helen et lui.

Helen... Il n'arrivait pas à croire que sa sœur jumelle avait affronté cette même épreuve, qu'elle avait pris sa place face à Gareth toutes ces années auparavant, déguisée en Martin, alors qu'il gisait inconscient dans un placard à balais après qu'elle l'ait assommé.

Il ferma brièvement les yeux, l'imaginant ce jour-là, prête à affronter la mort pour lui. Il n'avait jamais été digne des gens qui l'aimaient. Il n'avait fait que les laisser tomber, encore et encore. S'il mourait, il ne manquerait pas à Livvy, elle serait reconnaissante qu'il soit parti. Sa dette serait payée, et elle rentrerait chez elle... Mais un homme comme Stamford risquerait de venir la réclamer de la même manière. La fureur montait en lui comme une violente tempête, le vent lacérant son esprit et son cœur. Il ne pouvait pas permettre une telle chose.

— Je ne retire pas mes commentaires, déclara Stamford.

Ses traits aristocratiques étaient déformés par la cruauté qui assombrissait son regard.

— Très bien, soupira Rodney. Mettez-vous dos à dos. Chacun devra compter vingt pas. Puis tournez-vous et faites-vous face.

Martin et Stamford s'approchèrent l'un de l'autre. Il fallut une bonne dose de maîtrise à Martin pour ne pas jeter le pistolet par terre et plaquer son adversaire au sol pour l'étrangler. Il inspira profondément et tourna le dos. Stamford fit de même. Puis ils commencèrent à s'éloigner, comptant leurs pas. Quand il arriva à vingt, Martin se retourna, faisant face à son adversaire. Albright et Rodney se tenaient sur la gauche, à quelques mètres d'eux.

— Levez vos armes, annonça Rodney.

Martin ajusta sa position. L'herbe de la prairie recouverte de glace était glissante et inconfortable sous les semelles de ses bottes. Puis il leva prudemment son bras. Ses doigts tremblaient légèrement, et avec un œil encore enflé, il réalisait à présent que c'était une très mauvaise idée. Mais il ne pouvait pas laisser Stamford s'en tirer, pas avec ce qu'il s'était vanté de réserver à Livvy.

Stamford leva le bras.

— À trois, vous pourrez tirer.

La voix de Rodney résonna dans le champ gelé.

— Un...

Martin lécha ses lèvres sèches et ajusta sa prise sur le pistolet.

— Deux...

Les lèvres de Stamford se recourbèrent soudain en un rictus diabolique.

— Trois...

Bang !

Martin bondit sur le côté. Il sentit une vive douleur dans le haut de son bras. Il jura, mais garda son pistolet en l'air.

— Banks ! Avez-vous été touché ? s'écria Rodney.

— Égratigné, grogna-t-il. Je pense.

Il regarda Stamford, qui le fixait, le visage blême.

— C'est votre tour, Banks. Vous pouvez tirer, dit Rodney.

Albright et lui échangèrent un regard inquiet.

— Eh bien ! cria presque Stamford. Finissez-en !

Il tapait du pied comme un enfant irascible, mais même à cette distance, Martin ne pouvait se méprendre. La peur se lisait sur le visage de l'homme, qui essayait de s'écarter pour réduire les chances d'un tir fatal.

Il fixa Stamford, son arme levée.

— Vendez-moi la note que Hartwell vous doit et je ne mettrai pas une balle dans votre cœur sombre.

— Que dites-vous ? frissonna Stamford.

— Ne m'obligez pas à me répéter, l'avertit Martin d'une voix grave et calme.

Il ignorait comment il arrivait à agir ainsi alors que son bras lui faisait un mal de chien. Du sang chaud coulait le long de son bras sous son manteau, mais il n'en avait que faire.

— Pourquoi cela vous intéresse-t-il ? demanda Stamford.

Martin tenait toujours son pistolet fermement.

— Ce sont mes affaires. Acceptez-vous de me vendre la note ?

Stamford fronça les sourcils, regardant toujours l'arme.

— Ai-je le choix ?

Martin grogna.

— Bien, la note est à vous.

— Parfait, dit Martin. Je ferai livrer les fonds dans la journée.

Stamford soupira de soulagement, ses épaules s'affaissant. Martin leva le pistolet en l'air au-dessus de la tête de l'homme et tira.

— Bon sang, grogna Stamford en faisant un bond en arrière.

Pour une raison quelconque, Martin trouva cela extrêmement amusant, et il éclata de rire. Le monde se mit à tourner et il grogna en tombant à genoux. Son sang maculait la neige. Tellement de sang...

— Banks !

Rodney se précipita vers lui. Il attrapa son bras valide et le souleva.

— Venez. Nous devons vous emmener voir un médecin.

Martin traversa le champ en titubant, laissant Rodney le guider vers la voiture qui l'attendait. Il s'affala sur son siège et ferma les yeux.

Il dut perdre connaissance, car lorsqu'il revint à lui, un médecin était accroupi devant lui et ils étaient devant une maison de ville qu'il ne reconnaissait pas.

— Mr Banks, heureux de vous revoir parmi nous, lança le médecin.

Martin frissonna, et il réalisa qu'il était torse nu. L'air froid s'infiltrait dans la voiture et il étouffa un juron.

Bon sang, comme il se sentait faible.

Le visage de Rodney apparut soudain dans l'embrasure de la porte.

— C'est une noble blessure que vous avez là.

— Une noble blessure ? demanda Martin. Cela existe-t-il seulement ? Aïe ! glapit-il lorsque le médecin serra le bandage blanc autour de son bras.

— Eh bien, vous savez, un acte romantique devant lequel les dames se pâment. Mon Anna s'épancherait sans répit si je prenais une balle pour défendre son honneur, continua Rodney avec un sourire bon enfant.

Derrière lui, les rues étaient baignées de la lumière du matin.

— Bennett, où sommes-nous ?

Si on le surprenait à être soigné pour une blessure de duel illégal, il pourrait avoir des ennuis.

— Sur Duke Street. Je vous ai emmené voir le Dr Phillips. C'est l'un des meilleurs.

— Merci, Dr Phillips.

Martin essaya de sourire à l'homme.

— Quelle est l'étendue des dégâts ?

Le Dr Phillips eut un petit sourire, mais il resta concentré sur la blessure alors qu'il finissait de la panser.

— Une blessure superficielle avec quelques lésions musculaires mineures. Vous devrez faire attention. J'aimerais vous revoir dans quelques jours pour voir comment vous guérissez. Mr Bennett m'a donné votre carte. Je vous appellerai, si cela vous convient ?

— Cela me va très bien, dit Martin.

— Bien.

Le médecin l'aida à remettre sa chemise et son gilet. Ses vêtements étaient tachés de sang, et son valet le maudirait quand il rentrerait.

— Voulez-vous que je rentre avec vous ? demanda Rodney alors que le médecin rangeait son sac noir.

— Ce ne sera pas nécessaire. Je suis certain que vous manquez à Anna. Je vous enverrai un message si j'ai besoin de vous.

Les yeux de Rodney étaient remplis d'inquiétude, mais il hocha la tête et commença à s'éloigner.

— Bennett ! lança Martin.

Son ami se retourna vers lui.

— Oui ?

— Merci. Pour aujourd'hui... et pour le jour où vous avez soutenu Helen il y a toutes ces années. Je n'avais jamais compris ce qu'elle avait affronté, pas réellement. Mais ce matin...

Il frissonna et fit attention à ménager son bras blessé.

— Ce que je veux dire, c'est que vous êtes un bon ami. Je ne vous mérite pas.

Rodney eut un sourire effronté.

— En effet. Anna et moi serons à Londres pour les fêtes si vous souhaitez venir dîner chez nous.

— Merci.

Martin regarda Rodney traverser la rue et héler un fiacre qui passait. Il se pencha par la porte et demanda à son cocher de le ramener chez lui. Il avait à peine fermé l'œil au club, et le brandy qu'il avait bu la veille, son œil gonflé et son bras blessé n'arrangeaient guère les choses. Dès qu'il rentrerait, il se mettrait directement au lit. Il ne se préoccuperait de Livvy que plus tard, lorsqu'il aurait eu le temps de se reposer et de réfléchir.

Lorsqu'il arriva à son domicile, le cocher l'aida à sortir du véhicule et à se rendre à la porte.

— Merci, Jim.

Il lui adressa un signe de tête avant d'entrer. Harris sortait des quartiers des domestiques et se figea quand il vit Martin.

— Monsieur ? hoqueta Harris. Que s'est-il passé ?

Il fit un signe de la main à Harris quand le majordome s'approcha de lui.

— Je vous expliquerai plus tard, mais je vais bien.

— Puis-je vous offrir quelque chose ?

— Non, pas maintenant. Je pense que j'ai juste besoin de dormir quelques heures.

Il commença à monter les escaliers, traînant des pieds. Il se sentait aussi faible qu'un chiot. Quand il arriva devant sa chambre, il ouvrit la porte en soupirant. Il était soudain très fatigué. S'il parvenait jusqu'à son lit, tout irait bien.

La poignée tourna et il se dirigea vers son lit. Mais dès que ses yeux se posèrent dessus, il vacilla. Il n'était pas vide. Livvy était allongée là, sous ses draps, endormie. Ses cheveux noirs décrivaient des vaguelettes sur l'oreiller. Elle avait l'air si douce, si innocente et adorable que son cœur se serra.

Je devrais aller dans une autre pièce, mais je suis trop fatigué. Martin se débattit avec son gilet et sa chemise, grimaçant en les enlevant. Lorsqu'il s'effondra sur le lit à côté de Livvy, les ténèbres l'engloutirent presque instantanément.

❧ I I ❧

Livvy se blottit contre l'objet chaud et dur qui se trouvait à côté d'elle. C'était comme dormir près d'un feu de cheminée alors qu'il neigeait dehors. Elle soupira et frotta sa joue contre la chose en question.

Je dois rêver. C'était tout simplement merveilleux. Elle réalisa lentement que son père n'avait pas pu se permettre d'acheter des bûches supplémentaires pour la cheminée de sa chambre.

Elle se réveilla en sursaut et fixa la forme immobile allongée dans le lit à côté d'elle. Elle n'était pas dans sa chambre. Mais dans celle de Martin.

— Martin ? murmura-t-elle timidement en lui touchant le dos.

Il était allongé sur le ventre, un bras sous l'oreiller, la

tête tournée vers elle. Son visage était pâle et un léger froncement de sourcils se dessinait, comme si ses rêves le perturbaient. À quelle heure était-il rentré ? Elle s'était glissée dans son lit vers minuit, certaine qu'il ne reviendrait pas. Pourtant, il était à peine plus de sept heures à en croire l'horloge sur le manteau de la cheminée.

Elle commença à se glisser hors du lit, mais Martin roula sur le côté et enroula un bras autour de sa taille. Elle sursauta en voyant un épais bandage blanc. Ce même bras la tenait à présent comme un enfant le ferait avec sa peluche préférée. Et un de ses yeux était bouffi et sombre. Elle grimaça. Que lui était-il arrivé pendant son absence ?

— Martin ?

Elle prononça son nom un peu plus fort et il bougea, marmonnant quelque chose à propos d'un cheval. *Il doit rêver*. Livvy essaya doucement de s'éloigner de lui. La peau douce de son bras était tempérée par le poids dur et lourd de ses muscles. Pendant un moment, elle se surprit à les observer avec fascination. Puis elle se réprimanda et s'efforça de lever son bras. Ses tentatives ne firent que le rapprocher d'elle.

— Martin ! grogna-t-elle.

— Hmm ?

Son murmure somnolent la mit en colère. Elle allait vraiment avoir besoin d'utiliser le pot de chambre. Elle appuya sa paume sur la blessure, sachant que cela lui ferait mal, mais elle devait attirer son attention d'une manière ou d'une autre.

Martin poussa un juron et relâcha immédiatement sa taille, puis roula en position assise, serrant son bras blessé contre sa poitrine.

— Que diable ?

— Je suis désolée ! Je ne voulais pas vous faire mal.

Elle repoussa les couvertures de son lit et essaya de l'aider, mais elle ignorait comment procéder.

Il grogna comme un blaireau irritable et sortit du lit.

— Ce n'est rien.

Il lui tourna le dos et se dirigea vers sa bassine pour s'asperger le visage d'eau froide. Il passa la serviette sur son menton et ses joues, pour sécher sa peau.

— Que vous est-il arrivé ?

Elle se glissa hors du lit et s'approcha de lui par-derrière, essayant de ne pas se laisser distraire par la vue de son dos musclé.

— Je ne veux pas en parler. Que diable faites-vous dans ma chambre ?

Son ton froid la fit reculer.

— Un homme pourrait se faire des idées en voyant une femme dans son lit. Vous dites que je suis froid, que je suis insensible ? Vous ne savez rien de moi. J'ai juré de ne pas vous toucher sans votre permission, mais quand vous me touchez, comment voulez-vous que je réagisse ?

— Eh bien... je ne voulais pas... Mais vous ne pouvez pas me reprocher ce qui se passe pendant que je dors ! répliqua-t-elle, sentant une étrange rougeur en elle tandis qu'elle se disputait avec lui.

— Vous n'auriez pas dû être dans mon lit en premier lieu. Un homme est susceptible de se glisser sous ses propres draps, et s'il trouve un corps doux et féminin à serrer, eh bien, vous ne pouvez pas m'en vouloir pour cela.

Ses lèvres se contractaient comme s'il luttait entre moue et sourire, et pour une raison quelconque, cela l'excitait encore plus. Elle voulait le provoquer, lui faire faire quelque chose de tout à fait dangereux, comme lui donner un autre baiser.

— Je ne peux pas ? le défia-t-elle et il agit comme elle l'espérait, mordant à l'hameçon.

Il se retourna et passa son bras autour de sa taille, la retenant captive au moment même où elle se jetait presque sur lui. Son baiser était presque cruel, sa sauvagerie la surprit et elle ne put s'empêcher de s'abandonner alors que son corps la trahissait en fondant littéralement. Elle enfonça ses ongles dans ses épaules, cherchant désespérément à se rapprocher, à faire fondre la fureur de leur dispute dans la chaleur de son baiser.

Elle n'aurait pas dû apprécier sa colère, mais quelque chose en lui était profondément sensuel et l'excitait. Il resserra ses bras autour d'elle, la souleva du sol et la porta jusqu'au lit. Livvy haleta en se laissant tomber sur les draps. Il se tenait au-dessus d'elle, haletant, la regardant comme un guerrier prêt à réclamer une princesse capturée.

Elle devait vraiment arrêter de lire des romans gothiques. Ses fantasmes commençaient à affecter son esprit rationnel.

— Pensez-vous toujours que ce soit sûr de rester dans mon lit ? Je suis le monstre qui vous a achetée, Livvy, n'oubliez jamais cela. Vous me méprisez, vous l'avez dit clairement. J'ai envisagé de vous renvoyer chez vous, mais un autre homme, encore pire que moi, vous prendrait sûrement pour régler des dettes comme je l'ai fait. Vous resterez donc ici jusqu'à ce que je considère qu'il est sûr de vous rendre à vos parents.

Il détourna le regard en contractant la mâchoire.

— Si je vous retrouve dans mon lit, je ne me retiendrai pas. Ainsi, si vous souhaitez coucher avec moi, vous savez où me trouver. Sinon, restez en dehors de ma chambre.

Livvy quitta le lit et se précipita hors de la pièce. Elle était choquée par son mouvement d'humeur, mais il était clair que les événements de la veille avaient changé la donne. Elle avait eu tort de dire ces choses sur lui, et à présent, il semblait déterminé à leur donner vie.

Elle se retira dans sa chambre. Mellie étalait une de ses nouvelles tenues sur son lit. C'était une jolie robe bleu pâle avec des fleurs dorées cousues sur le corsage et un filet d'or clair tombant sur les jupes. Elle n'avait jamais porté une robe aussi fine auparavant, et la culpabilité contracta soudain son estomac.

— Tout va bien, miss ? demanda Mellie.

— Oui.

Sa réponse était un peu trop rapide, un peu trop tremblante, même pour ce seul mot.

— Le maître est rentré. L'avez-vous vu ? demanda la femme de chambre, les sourcils froncés par l'inquiétude.

— Je... Oui.

Elle se dirigea vers le cabinet de toilette pour utiliser le pot de chambre.

— Il a été blessé la nuit dernière, mais j'ignore comment. Il s'est montré très grossier envers moi et n'a rien voulu me dire.

La domestique resta dans la chambre, lui laissant un moment pour faire ses besoins. Quand elle revint, elle était prête pour que Mellie l'aide à enfiler sa nouvelle robe.

— Et voilà. À présent, allez prendre votre petit-déjeuner.

Mellie la chassa de la pièce, et elle se résigna à l'idée d'être seule toute la journée. Ce n'était pas qu'elle n'appréciait guère la solitude, mais cette fois, c'était différent. La tension entre elle et Martin semblait remplir la maison de mauvais présages, et elle n'aimait pas cela.

Elle se prépara une assiette de nourriture dans la salle à manger et s'assit sur une chaise, regardant par une fenêtre donnant sur les jardins.

Personne ne s'offusquerait qu'elle ne mange pas à table. Martin n'était pas prêt de redescendre. Elle posa l'assiette en équilibre sur ses cuisses et grignota un œuf poché tout en examinant les rosiers gelés contre les bords des vitres. Le gel transformait les lourdes feuilles vertes en une pâle écume, et des cristaux de glace aux formes exquises décoraient le verre. Elle avait toujours aimé la glace et la neige. Certes, le froid pouvait être une chose terrible, mais l'hiver lui-même était magnifique. Elle tendit le bras vers la fenêtre, traçant doucement les motifs du givre sur le verre. Elle sourit, rêvant de temps plus simples.

— Que faites-vous ? demanda Martin derrière elle.

Elle sursauta, manquant de faire tomber son petit-déjeuner de ses genoux.

— Oh !

Elle stabilisa l'assiette en porcelaine et se détendit.

— Je regardais le givre. Elle fit un geste vers la vitre.

— Le givre ? répéta-t-il sombrement. Pourquoi diable vous souciez-vous du givre ?

Elle se mordit la langue. Elle l'avait provoqué en ayant la langue bien pendue. Elle ne voulait pas empirer les choses. Elle se concentra sur sa réponse.

— Le givre est magnifique.

— Pourquoi les femmes se focalisent-elles autant sur la beauté ?

Il lui tourna le dos pour soulever le couvercle d'un plat et inspira profondément.

— Je ne suis pas intéressée par la beauté pour la beauté, rétorqua-t-elle en essayant de ne pas se vexer.

— Vraiment ?

— Oui. J'aime étudier la beauté, notamment dans la nature. Le givre est beau en raison de sa symétrie. C'est la même chose avec les flocons de neige.

— Sa symétrie ?

Il se retourna pour lui faire face, une assiette pleine entre les mains, et la rejoignit à la fenêtre. Il semblait moins contrarié à présent, et davantage intrigué.

— Oui.

Elle pointa du doigt l'extrémité du givre.

— Examinez le bord, là où le givre commence à se former. Il y a une autosimilarité récursive. Je l'ai lu dans un livre de mathématiques. Un philosophe et mathématicien du XVIIe siècle, Gottfried Leibniz, a traité du sujet. Selon lui, les motifs répétitifs dans les choses de la nature sont proches de la géométrie. Pourtant, personne n'a été capable de relier correctement cette dimension fractale, comme il l'appelle, à la géométrie. La plupart des mathématiciens s'opposent à ces théories, simplement parce qu'ils ont peur de plonger dans l'inconnu. Mais je trouve cela fascinant.

— Vous avez un esprit mathématique ?

— Non, rit-elle. Mais j'aime les concepts. Je peux identifier des schémas, les reconnaître, mais je n'ai aucun moyen de les expliquer avec des équations ou des formules.

— Philosophe, donc, conclut Martin.

Ses lèvres tressaillirent et son cœur fit un bond. Il n'était plus en colère. Pourrait-elle tenter sa chance et s'excuser ? C'était le moment.

— Je ne pensais pas ce que j'ai dit.

Martin ne dit rien, et pendant un moment, elle craignit qu'il ne l'ait pas entendue.

— Vous avez le droit d'avoir votre opinion sur moi, même si ce n'est pas tout à fait vrai, répondit-il enfin.

Il regardait toujours le givre, pas elle, et elle posa avec hésitation une main sur la sienne, sur son genou.

— Mon opinion était fausse. Vous m'avez achetée sous le coup de la colère, mais cette colère n'est qu'une part infime de vous. Il y a d'autres parts, meilleures, qui font de vous l'homme que vous êtes.

— Je ne suis pas un homme bon, Livvy.

Elle l'observa attentivement.

— Vous l'êtes, mais je crois que cela fait longtemps que vous ne vous êtes pas permis de le voir.

Il fronça les sourcils, mais il ne semblait pas en colère. C'était plutôt comme si elle avait commencé à tirer sur le fil du masque derrière lequel il essayait de se cacher. Un jour, elle parviendrait à le lui ôter, et il verrait qu'il était un meilleur homme qu'il ne le pensait.

— Finissez votre petit-déjeuner, dit Mr Banks, puis il marqua une courte pause avant de poursuivre. Nous pourrions aller à la foire sur la glace si vous le souhaitez ?

— Oh oui ! s'exclama-t-elle. Ce serait formidable.

Elle termina son petit-déjeuner et il fit de même. Elle essaya de contenir son excitation, mais elle débordait de soulagement et de joie. Ils s'étaient réconciliés, et il semblait que l'horrible distance qui les séparait s'était presque complètement effacée. Quand elle le regardait à présent, elle voyait un homme au cœur vulnérable, comme le sien, qui avait soif d'affection et d'acceptation.

— Allez chercher votre cape, dit-il avec un doux sourire alors qu'ils sortaient ensemble de la salle à manger.

—J'en ai pour un instant.

Elle se précipita à l'étage pour récupérer sa cape et son manchon, et enfiler ses bottes noires les plus chaudes. Le temps qu'elle redescende, il l'attendait devant la porte d'entrée, chapeau à la main et vêtu de son manteau noir. L'élégance masculine incarnée. Elle rougit, essayant de cacher son visage alors qu'elle glissait ses mains dans son manchon d'hermine et le rejoignait.

— Ma voiture nous emmènera jusqu'à la Tamise.

Martin la conduisit jusqu'au véhicule et ils montèrent à l'intérieur. Ils s'assirent l'un à côté de l'autre cette fois-ci plutôt qu'en face. Leur nouvelle proximité était bien plus intime que ce à quoi elle s'attendait, et elle rougissait à chaque fois que son genou effleurait le sien. Elle ne pouvait s'empêcher d'imaginer ce que ce serait bientôt quand ils... et comment leurs corps...

Seigneur, je dois arrêter de m'imaginer au lit avec cet homme ou mon visage va rester rouge comme une cerise toute la journée.

Elle frissonna légèrement et il le remarqua.

— Avez-vous froid ?

Il l'entoura et plaça un bras autour de ses épaules, l'attirant à ses côtés. C'était un geste banal pour lui, et pourtant c'était une véritable torture pour elle, car elle pouvait respirer son odeur de cuir et de santal, et elle aurait voulu se glisser sur ses genoux et se rapprocher encore plus.

— Oui, mentit-elle.

Si elle lui avouait la nature de ses pensées, il pourrait bien l'embrasser, et alors ils pourraient ne jamais arriver à la foire.

Plus la voiture se rapprochait de la Tamise, plus elle se penchait vers la fenêtre du véhicule en entendant la foule. Quand ils atteignirent la rivière, elle sortit sur la berge et poussa un hoquet de surprise. La rivière était véritablement gelée, et sur près de trois kilomètres, une ville avait été construite sur la glace. Des cabanes en bois, de vastes tentes en toile et toutes sortes d'étals avaient été érigés à la hâte.

Des milliers de personnes déambulaient sur la glace, et le bruit, la cacophonie du village improvisé, était surprenant.

— Extraordinaire, n'est-ce pas ? demanda Martin avec un petit rire.

Il lui donna son bras, et elle y glissa le sien alors qu'ils commençaient à descendre la pente vers la rivière. Ses bottes glissèrent et elle sursauta. Son cœur remonta dans sa gorge alors qu'elle perdait l'équilibre. Des bras forts s'enroulèrent autour de sa taille. Martin l'avait rattrapée. Leurs corps se retrouvèrent serrés l'un contre l'autre. Même à travers les couches de tissu, elle pouvait sentir la chaleur de son corps, et cela lui faisait délicieusement tourner la tête.

Elle s'avança timidement et retint sa respiration. Quand elle vit que la glace sous ses pieds ne se brisait pas, elle soupira de soulagement. Elle marchait sur la Tamise !

— Qu'est-ce que c'est ? demanda-t-elle en désignant une énorme dalle de pierre au bord de la rivière. Des mots étaient gravés dessus.

Martin lut l'inscription :

Behold the liquid Thames now frozen o'er
That lately Ships of mighty Burthen bore.
The Watermen for want of Rowing Boats
Make use of Booths to get their Pence & Groat
Here you may see Beef Roasted on a spit.

And for your Money you may taste a bit.

There you may print your Name, tho' cannot write,

Cause num'd with Cold: 'Tis done with great Delight.

And lay it by, that Ages yet to come

May see what Things upon the Ice were done.

— Ce poème date de la dernière foire de 1814, ajouta-t-il. Il décrit les kiosques en tous genres, les imprimeurs, les stands de bœuf rôti à la broche qui ont vu le jour durant l'événement… Le but est de rappeler aux générations futures toutes ces choses que l'on a pu faire sur la glace.

Il garda un bras autour de sa taille, la soutenant alors qu'ils marchaient prudemment sur la surface glissante jusqu'à une bande de sable qui formait un chemin vers la petite ville construite sur la rivière.

Un groupe d'hommes se tenait à l'extrémité de la ville de glace, et leur chef leva la main vers Martin. Leurs vêtements étaient miteux.

— Dix shillings pour la dame et vous.

L'homme tendit une boîte avec une fente pour recueillir des pièces.

— Bien entendu. Voilà. Quels sont les stands proposant le meilleur cidre et la meilleure bière ? demanda Martin en payant l'homme, et le groupe se retira pour permettre à Livvy et Martin de passer.

L'homme en charge de l'argent sourit et désigna un

stand au milieu de la première rangée de boutiques installées.

— Le pub O'Malley's. Un brave type, même s'il est irlandais. La meilleure bière de la Tamise.

— Merci.

Martin fit un signe de tête en passant.

— Pourquoi les avez-vous payés ? demande Livvy en jetant un coup d'œil aux hommes qui gardaient toujours l'entrée de la foire.

— Ce sont des marins. Ils gagnent généralement leur vie en transportant des passagers sur la Tamise, et ils aident à porter les marchandises. Lorsque la rivière gèle, ils perdent leur gagne-pain. Ils sont en charge de la foire. Tous ces commerçants que vous voyez ici ont payé pour installer leur étal.

Martin les désigna tandis qu'ils descendaient l'avenue de sable et de glace. Des fabricants de cuir, des bijoutiers et même des pubs éphémères étaient présents sur la glace. Ils se rapprochaient de Blackfriars Bridge lorsqu'une forme grise monstrueuse apparut au bord de la rive du fleuve.

— Qu'est-ce que c'est ? demanda Livvy en pointant du doigt la forme.

Alors qu'ils se rapprochaient, elle faillit éclater de rire en reconnaissant la silhouette, même si elle était convaincue qu'elle devait rêver.

— Un éléphant ! Il doit venir du zoo. Mon Dieu,

regardez-le.

Un regard de garçon émerveillé et ravi illumina son visage, et le cœur de Livvy manqua un battement. C'était le Martin avec lequel elle voulait être, l'homme qui lui donnait l'impression d'avoir encore un avenir, de pouvoir être courtisée, aimée et destinée à une vie heureuse.

— Venez. Ils vont le faire marcher sur la glace !

Martin la tira par la main alors qu'ils couraient comme des enfants vers l'éléphant et la foule qui le regardait. L'énorme créature marchait fièrement sur la glace. Un Indien aux vêtements colorés souriait et encourageait l'éléphant à avancer. C'était l'une des choses les plus magnifiques que Livvy ait jamais vues. Ses yeux s'emplirent de larmes en voyant l'éléphant lever sa trompe et toucher l'épaule de son maître avec affection.

— Pouvons-nous nous rapprocher ? demanda Livvy à Martin.

— Je suppose. Venez.

Il l'entraîna vers la foule jusqu'à ce qu'ils ne soient plus qu'à deux mètres.

— Monsieur !

Martin apostropha l'homme qui dirigeait l'éléphant.

L'homme se tourna vers eux, sourit et tapota la trompe de la bête.

— Oui ?

— Pouvons-nous nous approcher ? Ma...

Martin la regarda.

— Ma femme aimerait voir de plus près votre magnifique bête.

— Vraiment ?

Le sourire de l'homme s'élargit.

— Venez, venez, madame.

Il fit signe à Livvy de se rapprocher.

Elle s'avança, envoûtée par la créature à la peau grise et épaisse. L'éléphant la regardait, baissant lentement ses oreilles tandis qu'il levait sa trompe d'un air inquisiteur et se balançait légèrement sur ses pattes.

— Puis-je le toucher ? demanda-t-elle à l'homme.

— Je vous en prie.

L'homme tendit la main à Livvy, et elle s'approcha, à trente centimètres seulement de l'éléphant. Sa trompe toucha son épaule et elle tendit le bras, enlevant ses gants pour pouvoir la toucher. Sa peau était semblable à du cuir, mais elle était aussi plus douce que ce à quoi elle s'attendait et couverte de poils fins. Elle rit de plaisir lorsqu'elle serra la trompe comme elle l'aurait fait avec la main de quelqu'un pour le saluer.

— Oh regardez, Martin ! s'écria-t-elle.

Il la regardait à quelques mètres de distance.

— Venez le toucher. C'est merveilleux.

Martin secoua la tête.

— Je pense que je suis assez proche comme cela. J'en ai vu un en Afrique pendant mon séjour en Égypte. Ils ne sont pas originaires de là-bas, mais un gentleman de ma connaissance a insisté pour qu'on en amène. Il y avait un éléphant gigantesque, qui s'est mis en colère parce qu'on le traînait dans le sable et a piétiné un homme à mort.

Livvy regarda l'adorable créature géante à côté d'elle et soupira.

— Martin, il suffit de regarder ses yeux. Ils sont si nobles et pleins de paix. Il ne vous fera pas de mal.

Livvy tapota l'éléphant, qui battit lentement des oreilles comme pour signifier son assentiment.

— C'est une grosse bête et...

Martin hésita.

— Martin, si vous venez, je me donnerai à vous ce soir.

Son ton était calme, mais assuré.

Il écarquilla les yeux.

— Ce soir ?

— Oui.

Elle avait pris cette décision plus tôt dans la journée quand elle l'avait vu au petit-déjeuner. Elle voulait retrouver l'homme avec qui elle riait, faisait des courses, échangeait des livres.

— Si je touche un éléphant...

Il s'éclaircit la gorge.

— Alors...

— Oui, répéta-t-elle. À présent, cessez d'être si effrayé.

Martin s'approcha d'elle et de la bête, regardant nerveusement l'éléphant.

— Les éléphants sont doux, lui assura l'Indien.

— Mon expérience me dit le contraire, marmonna Martin.

Il passa un bras autour de la taille de Livvy, et de l'autre main, toucha la trompe de l'éléphant. Il se crispa lorsque la bête agita sa trompe et émit un son de trompette.

— Enlevez votre gant, l'encouragea Livvy.

Quand il le fit, l'éléphant lui tapa légèrement sur l'épaule. L'Indien lui tendit une pêche.

— Donnez-lui ceci.

Martin accepta la pêche et la tendit à la bête. L'éléphant arracha habilement le fruit de sa paume, le porta à sa bouche et n'en fit qu'une bouchée.

— N'est-ce pas la chose la plus magnifique que vous ayez jamais vue ?

Livvy appuya sa joue sur l'épaule de Martin. Elle lui avait fait vaincre sa peur, et elle en était heureuse. Il l'avait fait pour elle.

— Certainement.

Martin tapota la patte avant de l'éléphant, puis Livvy et lui se retirèrent pour laisser l'Indien s'en occuper. Martin lui glissa quelques pièces pour le remercier de sa patience.

— Et si nous allions boire un verre ? proposa Martin.

— Avec plaisir.

Livvy fit un geste d'adieu à l'Indien alors qu'ils disparaissaient dans la foule. Quand ils trouvèrent un pub sur la glace, Martin commanda deux pintes de bière et lui en tendit une.

— Buvez lentement, l'avertit-il.

Elle prit une gorgée et fit la grimace. L'amertume ne lui plaisait pas. Elle préférait de loin le vin ou le sherry.

— Cela ne vous plaît pas, n'est-ce pas ?

Il gloussa.

— Je vais le boire alors.

Il fit signe à l'un des barmans.

— Un verre de vin pour la dame.

Martin porta ses deux pintes jusqu'à une petite table, et Livvy s'assit à côté de lui. Ils burent dans un silence agréable en observant la foule et les jeux sur la glace. La foire était vraiment étonnante.

— Imaginez que cela ne s'est plus produit depuis 1814 ! Il est arrivé qu'une partie du fleuve gèle, mais jamais au point de pouvoir y marcher.

Elle s'appuya contre lui.

— Pourquoi cela n'arrive-t-il pas plus souvent ?

— Cela dépend du débit du cours d'eau et de sa profondeur. Les rivières peu profondes gèlent plus fréquemment. Le roi a fait améliorer les voies navigables. Le fleuve ne gèlera plus aussi facilement à présent.

— Quel dommage, soupira-t-elle. Je trouve cela assez magique.

— Moi aussi, mais la magie s'estompe toujours dans le sillage du progrès.

Ils se murèrent tous deux dans le silence en finissant leurs boissons et en observant la foire autour d'eux. Livvy aurait voulu que cela dure des heures. Elle remarqua une imposante piste de danse où un groupe d'hommes jouait du violon et où les gens dansaient la gigue.

— Pouvons-nous danser ?

Elle avait toujours aimé la sensation de voltiger dans les bras d'un élégant partenaire. Elle n'avait assisté qu'à deux bals cette année-là, mais chacun avait été à couper le souffle.

— Je suppose que nous le pourrions.

Martin termina sa deuxième pinte et se leva. Il lui tendit une main gantée, et elle accepta.

Lorsqu'ils atteignirent la piste de danse, ils trouvèrent la glace recouverte d'une couche de sable, tout comme dans les allées.

— Faites attention, la prévint-il alors qu'ils rejoignaient les autres couples qui formaient une ligne pour danser.

Les musiciens entamèrent un air entraînant, et les couples qui se faisaient face dansèrent à tour de rôle au sein de la rangée, puis ils se séparèrent pour danser par paires en larges cercles. Livvy gloussa tandis qu'elle et Martin tournoyaient, faisant de leur mieux pour ne pas glisser sur la glace.

Au bout de trois danses, Livvy haletait, écarlate. Son corset était un peu trop serré.

— Reposons-nous un peu.

Martin l'entraîna loin des danseurs et ils descendirent une rangée de boutiques improvisées. Ils s'arrêtèrent devant un étal de cannes.

— Oh, comme elles sont jolies, Martin. Avez-vous une canne ?

— Non, mais je n'en ai pas besoin.

Elle en était consciente, mais un homme avec une canne était, eh bien, *distingué*.

— Je trouve que vous seriez particulièrement fringant avec une canne, dit-elle en s'approchant du commerçant qui s'attardait, une lueur d'espoir dans les yeux.

— Fringant ? Essayez-vous de faire de moi le héros d'un de vos romans gothiques ? la taquina-t-il.

Elle lui adressa un sourire effronté.

— Peut-être bien. Je l'admets, j'aime les bruns ténébreux au visage sombre qui brandissent une canne.

Il roula les yeux.

— Eh bien, je suis loin d'être un brun ténébreux.

Il désigna ses cheveux dorés qui brillaient dans la lumière vive de l'hiver.

— C'est vrai. Plutôt un ange déchu, peut-être.

— Un ange ? Bah ! dit-il d'un ton bon enfant.

— Qu'est-ce qu'un diable sinon un ange déchu ? riposta Livvy. Mais je suis sérieuse. Je pense que vous devriez avoir une canne. Que pensez-vous de celle-ci ?

Elle en choisit une en cerisier foncé. La poignée était ornée de bois d'élan incurvés. Une noble tête de loup y était gravée.

— Il est vrai que c'est une jolie canne.

Martin étudia l'objet, puis Livvy. Elle espérait qu'il l'achèterait. Il correspondrait ainsi à ses fantasmes gothiques.

— Très bien. Combien ? demanda-t-il au commerçant.

— Vingt shillings.

— Voilà pour vous.

Martin paya l'homme et s'empara de la canne. Il s'en servit pour garder son équilibre sur la glace. Livvy et lui continuèrent à déambuler le long de la rangée de boutiques, jusqu'à ce qu'il soit l'heure de rentrer.

L'obscurité commençait à s'installer lorsqu'ils arrivèrent à la maison de ville.

— Pourquoi ne pas vous reposer un peu ? Nous avons quelques heures avant le dîner.

— C'est une bonne idée.

Elle se hissa sur la pointe des pieds et l'embrassa sur les lèvres avant de s'enfuir. C'était tellement facile d'être avec lui, et ce soir-là, elle allait tenir sa promesse. Elle se rendrait dans sa chambre et...

Elle rougit rien qu'en y pensant.

Mais une promesse est une promesse, et elle voulait vraiment tenir parole.

❧ 12 ❧

Martin prit son temps pour s'habiller en vue du dîner. Il ne parvenait pas à chasser sa nervosité tandis que Byrd finissait d'arranger sa cravate.

— Tout va bien, monsieur ? s'enquit son valet.

— Oui, bien sûr, pourquoi cette question ?

— Eh bien... Vous avez la bougeotte, gloussa Byrd. Ce qui est très inhabituel pour vous, monsieur.

—Je...

Martin déglutit, gêné d'être si transparent.

—J'admets que je suis un peu nerveux.

— Peut-être avez-vous des sentiments pour Miss Hartwell ? demanda Byrd en terminant d'arranger sa cravate et en prenant du recul pour vérifier son travail.

Martin réprima un grognement. Il n'*aimait* pas la fille

de l'homme qu'il avait juré de haïr. Il pouvait admettre qu'il l'appréciait, qu'il était attiré par elle, mais de là à tomber amoureux ?

— Ce n'est pas de l'amour, c'est au mieux un engouement passager, mais qui semble me coller à la peau.

Il observa son reflet dans le miroir d'un œil critique. Son gilet vert bouteille aux fils d'argent et son pantalon en daim étaient très élégants. Livvy approuverait-elle sa tenue ? Elle l'avait qualifié d'ange déchu. Cela signifiait-il qu'elle le trouvait séduisant, ou qu'il était simplement un diable relativement présentable ? Il était conscient de ses atouts physiques, mais l'entendre de la bouche d'une femme était une tout autre affaire.

— Vous êtes très élégant, lui assura Byrd. La source de votre *engouement* approuvera aussi, ajouta le valet avec un petit sourire suffisant.

Il n'avait pas échappé à Martin que son personnel avait déjà adopté Livvy. Il l'appréciait aussi. Elle était pleine d'esprit, intelligente et assez amusante, entre autres choses.

— Je n'aurai pas besoin de vous après le dîner. Vous avez votre soirée.

Le valet hocha la tête, comprenant ce que cela signifiait, mais évitant toute indiscrétion.

Il ne prit pas la peine de mettre un manteau ce soir-là et se dirigea vers la salle à manger. Livvy était déjà là, debout près du feu, se frottant les mains. Elle portait la robe en soie rouge qu'il lui avait achetée, celle au corsage délicieusement décolleté. Un filet noir constellé de petits cristaux recouvrait ses jupes, laissant le rouge provocateur transparaître à l'avant de la robe. Ce n'était pas une tenue très élaborée, mais elle lui fit immédiatement de l'effet. Il s'imaginait glisser ses mains sous la soie rouge, à la lumière du feu faisant scintiller les centaines de cristaux cousus dans le filet noir de ses jupes.

Il essaya d'ignorer la chaleur qui s'emparait de son corps. Ce ne serait guère agréable de déguster un repas en trois plats avec une érection.

Du calme, mon grand, s'ordonna-t-il silencieusement.

— Vous êtes ravissante, dit-il en rejoignant Livvy près de la cheminée.

— Merci.

Elle lui sourit et il sentit ses genoux fléchir. Les traîtres. Pourquoi laissait-il cette femme avoir un tel effet sur lui ?

— Souhaitez-vous passer à table ?

Il fit un geste de la main.

— Avec plaisir.

Martin tira la chaise la plus proche de la sienne au bout de la table, et elle s'y assit avec grâce. Il s'émerveillait toujours de voir comment les femmes pouvaient se déplacer si silencieusement et si gracieusement. Livvy ne faisait pas exception à la règle. Il passa le bout de ses doigts sur sa nuque, se délectant du petit frisson qu'il ressentit. Puis il s'assit et fit signe au valet de pied d'apporter le premier plat.

C'était de la soupe de tortue, l'un de ses plats préférés. Livvy parut apprécier également, et à la façon dont elle souriait, il sut qu'elle avait quelque chose en tête.

— Qu'y a-t-il ? demanda-t-il en se penchant vers elle.

— Je n'arrive pas à croire que nous sommes... que j'ai dit que je...

Ses joues s'empourprèrent.

— Je n'arrive pas à croire que je vous ai fait cette promesse.

Martin ravala un juron. Essayait-elle de faire marche arrière ? Si c'était le cas, il se coucherait plus frustré que tous les hommes de l'histoire. Mais il avait juré de lui laisser dicter le rythme, et il tiendrait parole.

— Avez-vous changé d'avis ? Je ne vous forcerais pas à...

— Non !

Elle gloussa, mais son visage était rouge.

— Non. Je veux dire, j'en ai envie, mais j'admets être terriblement nerveuse.

— Oh. Oui, je vois.

Il s'éclaircit la gorge.

— Parce que vous n'avez jamais...

— En effet.

— Sachez que ce sera bien mieux si vous n'avez pas faim.

Il attrapa son verre de vin et but de longues gorgées. Ses propres nerfs étaient à vif. C'était comme s'il était lui aussi vierge et qu'ils s'apprêtaient à passer leur première nuit ensemble.

— Je crois que je suis trop nerveuse pour manger, admit-elle en posant sa cuillère.

— Oh... Que puis-je faire ? demanda-t-il.

— Pouvons-nous faire cela rapidement ? suggéra-t-elle.

— Rapidement ?

Les mots avaient un goût amer sur sa langue. On ne faisait pas l'amour rapidement, surtout pas avec une vierge.

— Non, je suis désolée. Ce n'était pas ce que je voulais dire. Si nous commencions sous peu, cela pourrait... apaiser mes craintes.

Elle repoussa sa chaise et se leva, lui tendant la main. Il la fixa pendant un moment, se demandant si elle était sérieuse.

Elle l'était... *Bon Dieu.*

Il la prit au mot et tous deux abandonnèrent le dîner. Elle s'arrêta lorsqu'ils atteignirent le haut des escaliers.

— Votre lit ou le mien ? demanda-t-elle.

— Le mien, répondit-il d'une voix légèrement rauque

alors qu'il luttait pour contrôler son excitation croissante.

Il devait éviter de l'effrayer avec son désir. Lorsqu'ils entrèrent dans la pièce, il referma la porte derrière eux. Quand il se retourna vers elle, il vit la panique dans son regard.

— Livvy, vous n'êtes pas obligée de le faire, lui assura Martin.

Il ne voulait pas la forcer à faire quoi que ce soit. Elle s'appuya contre le pilier à l'extrémité de son lit et le regarda à travers ses cils noirs.

— J'en ai envie, mais voudriez-vous m'embrasser pour commencer ? demanda-t-elle.

Il acquiesça et s'approcha d'elle. Ses jolis yeux noisette scintillaient à la lueur du feu. Il vit son reflet dans son regard, espérant parvenir à rendre cette nuit merveilleuse. Elle posa une main sur son torse et la fit descendre lentement jusqu'à son ventre. Il sentit ses abdominaux se contracter sous ses doigts. Il attrapa doucement son poignet et porta ses mains à ses lèvres, déposant un doux baiser sur sa paume avant d'utiliser son autre main pour incliner sa tête en arrière.

Le désir brûlait en lui, mais il s'efforçait tant bien que mal de garder le contrôle. Ses doigts mouraient d'envie de la toucher, sa bouche de la goûter, son corps de se presser contre le sien pour fusionner en un seul être rassasié. Il sentait que lorsque Livvy et lui jouiraient ensemble, ce serait infiniment mieux qu'avec n'importe quelle autre femme.

Le plaisir pulsait dans ses veines lorsqu'il posa lentement ses lèvres sur les siennes. Elles étaient charnues et se prêtaient aux baisers. Il aurait pu les mordiller et les embrasser pendant des jours. Il laissa sa bouche lui dire ce qu'il n'arrivait pas à formuler.

Je suis en train de tomber amoureux. Il avait essayé de se convaincre que ce n'était qu'une amourette, mais cela allait bien au-delà. Il ne pouvait plus nier ce qu'il ressentait.

Il lui donna un long baiser, prenant son temps pour l'explorer. Quand il la sentit haleter, il sut qu'elle était prête.

Il la tourna doucement pour pouvoir détacher sa robe qui tomba par terre. Puis il défit son corset et elle laissa tomber ses jupons sur le sol. Quand elle ne fut plus qu'en chemise et en bas, il la souleva pour l'asseoir sur le bord de son lit. Puis il releva l'un de ses pieds et remonta le long de sa cuisse pour détacher ses bas. Il joua avec les rubans de soie, et elle haleta quand ses doigts remontèrent. Puis il roula chaque bas et les laissa tomber par terre.

Leurs yeux se croisèrent, et il ne put s'empêcher de remarquer le pouls à la base de sa gorge lorsqu'il toucha son cou avec ses doigts. Elle tremblait sous son regard. Il aurait pu continuer à la caresser pour toujours, prendre son temps pour explorer tout son corps, mais il y avait une anticipation dans ses yeux qui l'électrisait.

— Et vous ?

Elle attrapa son gilet.

— Chaque chose en son temps.

Il souleva sa chemise, et elle se mit à trembler, allongée dans sa glorieuse nudité sur son lit. On aurait dit une offrande au dieu païen de la luxure. Il n'était peut-être pas un dieu, mais il ne comptait pas se faire prier.

— Mr Banks...

Elle essaya de couvrir ses seins, mais il attrapa ses poignets d'une main et la mit sur le dos. Puis il coinça ses poignets au-dessus de sa tête dans le matelas moelleux.

— Un de ces jours, vous me ferez suffisamment confiance pour m'appeler Martin tout le temps.

— Un de ces jours, concéda-t-elle, se détendant quelque peu.

— Laissez-moi vous montrer ce qu'est le plaisir, Livvy. Fermez les yeux et concentrez-vous sur les sensations.

Elle fit ce qu'il demandait et il s'allongea à côté d'elle, caressant son cou, léchant et embrassant le point sensible derrière son oreille et descendant le long de sa clavicule. Puis il s'attarda sur ses seins. Elle gémit et tressaillit lorsqu'il suça un téton, lui faisant prendre un rouge tendre qui le rendait fou de désir. Sa peau douce et sucrée rappelait du velours et il la couvrit de baisers. Seigneur, les seins de cette femme étaient la perfection incarnée. Il avait hâte d'enfouir sa tête dans leur douceur après l'avoir fait hurler de plaisir. Il relâcha ses poignets et fit glisser sa main libre le long de son ventre jusqu'à son pubis. Il écarta les boucles sombres qui délimitaient ses lèvres. Il entreprit de les explorer du bout des doigts. Elles étaient humides et chaudes. Elle bougea les hanches quand il glissa un doigt en elle.

— Mon Dieu, comme vous êtes serrée.

— Serrée ? haleta-t-elle en ouvrant les yeux. Est-ce une mauvaise chose ?

Il gloussa.

— Non. Bien au contraire. Mais cela va me prendre un peu de temps avant de pouvoir vous pénétrer. Vous comprenez ?

— Je... Oui. Je pense que oui, chuchota-t-elle, rougissant de plus belle.

Il inséra un deuxième doigt en elle, entamant des va-et-vient lents et sensuels en recommençant à l'embrasser. Il la tenait en haleine, la surprenant avec des baisers doux et passionnés. Pendant tout ce temps, il joua avec elle, la laissant s'habituer à ses doigts jusqu'à ce qu'il sente qu'elle était prête.

La respiration haletante, elle le regarda d'un air rêveur descendre du lit et se déshabiller. Puis il la rejoignit dessus et écarta ses cuisses, se plaçant au-dessus d'elle. Livvy se crispa et son souffle devint irrégulier alors qu'il guidait sa tige vers son entrée.

— Essayez de vous détendre. Ce ne sera plus pareil après.

Il se glissa en elle et elle serra les dents, la douleur se lisant dans ses beaux yeux.

Cela n'allait pas fonctionner.

Martin s'approcha de sa gorge et captura ses lèvres en un baiser torride. Elle se détendit et il s'enfonça profondément en elle. Il sentit sa virginité se déchirer, et elle gémit contre ses lèvres, mais il resta immobile, lui laissant le temps de se détendre et de se faire à lui. Il se consacra à la délicieuse tâche de la distraire avec des baisers, pour lui laisser le temps de se remettre. Elle passa les mains dans ses cheveux, s'emmêlant dans ses mèches et le serrant plus fort contre elle.

Il avait toujours voulu de la passion de la part de ses amantes, mais là c'était différent. Livvy était douce, innocente, mais passionnée d'une façon à laquelle il ne s'attendait pas. Ses mains ne le caressaient pas à la manière froide et séductrice de sa dernière maîtresse. Elle s'accrochait à lui, s'y agrippait, le griffait, gémissait et se tordait, laissant son corps et ses désirs dicter ses actions. Il suça sa langue, lui montrant tout son désir, et il commença les mouvements de hanches. Il se retira, puis glissa lentement à l'intérieur. Elle se serra comme un poing, et il faillit défaillir devant ce plaisir extrême. Cela lui prit une minute pour revenir en elle. La chaleur humide de son intimité l'accueillit au troisième coup de reins.

— Cela fait-il toujours mal ? chuchota-t-il.

— Non-non, répondit-elle en haletant alors qu'il inclinait ses hanches et la pénétrait suivant un nouvel angle plus prononcé.

— Merci mon Dieu, gémit-il, et il s'enfonça en elle, poussé par un désir impitoyable et primitif.

Il n'avait jamais été du genre à faire l'amour en douceur, du moins pas une fois qu'il avait satisfait une femme. Mais il essayait d'être plus lent, plus doux.

Livvy enfonça ses ongles dans son dos, et il gémit, à bout de souffle.

— Plus vite.

Martin abandonna tout contrôle et prit possession de son corps, telle une bête affamée à la recherche d'un plaisir mutuel. Elle souleva les hanches, l'accueillant plus profondément. Il alternait la profondeur et la rapidité de ses coups de reins, sans jamais la laisser s'habituer à un rythme quelconque. Il aimait voir la lueur d'extase et d'excitation dans ses yeux chaque fois qu'il la surprenait avec un autre mouvement.

Sans prévenir, elle jouit sous lui et cria son nom. Elle se détendit alors et il se mit à accentuer les va-et-vient jusqu'à ce que son corps lui fasse mal, et dans un dernier mouvement, il jouit. Un cri rauque lui échappa alors qu'il se fondait en elle. Il aurait dû se retirer, ou utiliser une protection adéquate, mais il s'était perdu dans cette femme et dans ce moment. Il resta là, allongé sur elle, sentant son intimité se serrer autour de lui en des répliques de plaisir. Sa jouissance avait été un pur bonheur, et il ne pouvait pas nier que tout ce qui concernait cette femme en ce moment lui semblait *naturel*.

Il la regarda, et elle fit de même, les joues rouges et les yeux brillants.

— Comment vous sentez-vous ?

— Comme si j'allais périr.

Elle marqua une pause, puis ajouta :

— De la manière la plus exquise qui soit.

— Vous n'avez pas mal ?

Il devait s'en assurer.

— Non.

Elle bougea sous lui et grimaça.

— À vrai dire, je suis peut-être un peu endolorie, mais ce n'est rien.

— Ne bougez pas, ordonna-t-il et il se retira prudemment d'elle.

Il récupéra un chiffon à côté de sa bassine et retourna vers le lit. Ils blêmirent tous deux en voyant les traces de sang sur ses cuisses. Il la nettoya, et fit de même avec son propre sexe. Quand il se retourna, elle était déjà enfouie sous les couvertures, toujours nue.

— Est-ce que cela vous va si je reste ? Ou dois-je dormir dans ma propre chambre ?

Il réprima un grognement à l'idée qu'elle parte. Il voulait l'empêcher de fuir.

— Vous êtes *exactement* là où je souhaite que vous soyez.

Un sourire ravi se dessina sur ses lèvres.

— Tant mieux, parce que mes jambes sont aussi instables que celles d'un poulain tout juste venu au monde, et je ne suis pas sûre de pouvoir retourner jusqu'à ma chambre.

— Je serais plus qu'heureux de vous porter n'importe où, mais je vous veux ici.

Il se glissa sous les couvertures, lova son corps contre le sien et soupira de contentement. Il ne s'était jamais senti aussi calme et apaisé de toute sa vie. Leurs jambes s'entremêlèrent et elle le regarda à travers ses paupières à demi fermées.

— Je devrais vous détester, murmura-t-elle.

Son cœur se serra, mais elle continua :

— Je devrais, mais ce n'est pas le cas. Je vous aime... beaucoup trop.

Sa confusion le stupéfia, mais avant qu'il ne puisse dire quoi que ce soit, ses cils s'affaissèrent tel un éventail et elle sombra dans un sommeil épuisé. Martin la serra contre lui, craignant qu'elle ne disparaisse comme un fantôme après avoir prononcé les mots qu'il avait tant espéré entendre.

Elle m'aime, beaucoup trop. Et je l'aime beaucoup trop. Que devait-il faire ?

Il ne pouvait pas la garder éternellement, même s'il le souhaitait. Il avait juré de ne jamais aimer, de ne jamais se soucier de qui que ce soit, sauf de sa sœur. Helen était la seule personne à qui il pouvait ouvrir son cœur sans risque.

Martin écarta une mèche de cheveux de son visage et sourit en la regardant dormir. Rêverait-elle de lui ? D'après son expression satisfaite et détendue, il espérait que oui. Lui savait qu'il rêverait d'elle. Des rêves dangereux, merveilleux, tentants qui lui serraient la poitrine. Il ressentait une émotion qu'il n'aurait jamais cru possible après la mort de ses parents.

L'espoir.

❈ 13 ❈

Livvy ignorait depuis combien de temps elle dormait. Elle se réveilla avec une main possessive, mais douce caressant sa hanche et sentit un doux baiser sur ses lèvres. Elle ouvrit les yeux, remarqua que ceux de Martin étaient fermés, et elle se laissa faire. Il faisait encore nuit dehors, et elle aurait dû se rendormir, mais elle s'amusait de voir Martin l'embrasser dans son sommeil.

Était-il en train de rêver ? C'était ce qu'il semblait. Un mélange de chaleur et de désir la remplit malgré sa douleur. Elle *voulait* sentir à nouveau Martin en elle. La première fois avait été quelque peu effrayante, mais une fois la douleur passée, elle avait cédé à ses pulsions, submergée par le désir. Elle passa une jambe sur le bas de son corps, dans l'espoir d'éveiller son intérêt. Il émit un léger bruit de plaisir en touchant son postérieur et lui administra une petite fessée. Elle gloussa et se déhancha sur lui, l'embrassant avec plus de ferveur.

Il ouvrit les yeux alors que leurs lèvres se séparaient brièvement.

— Voulez-vous apprendre à chevaucher un homme ? demanda-t-il.

Ses yeux brûlaient comme des diamants bleus éclairés par la lumière du feu.

— Est-ce... comment est-ce possible ?

Elle passa ses ongles sur sa poitrine, et il poussa un gémissement.

— Laissez-moi vous montrer.

Il la déplaça pour qu'elle soit entièrement sur lui.

— Relevez les hanches, chérie.

Il lui fit prendre la position idéale, puis saisit sa verge. Son sexe se mit au garde-à-vous, et elle comprit enfin. Elle se plaça au-dessus et il glissa en elle, tirant ses hanches vers le bas, et elle poussa un petit cri de surprise. Cette nouvelle position lui donnait l'impression d'être *empalée* sur lui, à tel point qu'elle eut du mal à respirer pendant un moment.

— Oh Seigneur, haleta-t-elle, bougeant légèrement tandis qu'il la remplissait tout entière.

— Vous avez toujours mal ? demanda-t-il.

— Un peu, mais ce n'est pas désagréable.

Elle posa ses paumes contre son torse et se pencha

en avant pour lui voler un baiser. Il saisit ses fesses et la souleva, puis la ramena vers le bas, lui montrant le rythme à suivre. Elle se pencha en arrière, se cambrant pour trouver l'angle le plus agréable, et il la regarda, ses seins rebondissant alors qu'elle le chevauchait.

C'est vraiment comme de l'équitation. L'idée était si scandaleuse qu'elle savait que plus tard elle en rougirait violemment.

— C'est cela, l'encouragea-t-il dans un faible grognement.

Il agrippa ses seins, pinçant ses mamelons durcis et les faisant rouler entre ses doigts.

Elle aspira l'air entre ses dents et le chevaucha de plus en plus vite et de plus en plus fort, cherchant désespérément cette montée de plaisir aveuglant que lui seul pouvait lui procurer. Lorsqu'il baissa une main pour passer son pouce sur son petit bouton de chair, elle jouit et son cri rauque lui indiqua qu'il avait joui lui aussi. La passion était telle que Livvy sentit les larmes lui brouiller les yeux alors qu'elle s'enfonçait sur lui. Leur peau luisait de transpiration, et il fit lentement courir ses mains de haut en bas dans son dos. Elle posa sa tête sur sa poitrine, sentant les battements réguliers de son cœur.

— Il est plus de minuit. Avez-vous faim ? demanda-t-il.

— En effet. Pourrions-nous manger quelque chose ?

Elle se détacha de lui. La séparation fut douloureuse, mais ils devaient être libres de leurs mouvements.

— Certainement. Ne bougez pas. Je vais nous chercher quelque chose.

Martin se glissa hors du lit et récupéra sa robe de chambre. Il l'enveloppa autour de son corps et avec un sourire malicieux, sortit de la chambre à coucher.

Livvy s'allongea sur le lit, observant les ombres projetées par la lumière du feu. Ses fantasmes d'être Cléopâtre avaient pris vie. Elle se mordit la lèvre et cacha un sourire. Quelques minutes plus tard, Martin revint et posa un plateau à côté d'elle. Puis il attisa les flammes et ajouta quelques bûches dans le feu.

Elle s'assit et remonta les draps jusqu'à son cou, attendant qu'il la rejoigne. Il laissa tomber sa robe de chambre, et elle eut l'occasion d'admirer une fois de plus son corps fin et musclé. Une fois dans le lit, il posa le plateau entre eux et fit un geste vers la nourriture.

—Je vous en prie, mangez.

Elle prit un peu de fromage et quelques quartiers de pomme, et il fit de même. Ils mangèrent en silence, et pendant un moment, elle parvint à oublier *pourquoi* elle était là. Elle n'était plus la maîtresse de Martin, et il n'était plus l'homme qui l'avait fait venir sous son toit pour régler l'importante dette de son père. Elle était juste elle-même, au lit avec un homme qu'elle aimait. *Qu'elle aimait.* Le mot était là, sur ses lèvres. Elle était amoureuse de lui et savait depuis le début que c'était un risque.

— J'aimerais qu'il en soit toujours ainsi, dit-elle doucement.

Martin se figea, la main tendue vers un nouveau morceau de fromage.

— Moi aussi, répondit-il finalement.

— Mais c'est impossible, n'est-ce pas ?

Il ne répondit pas immédiatement.

— Je le crains. Même si je pourrais bien souhaiter le contraire.

Elle avala son dernier morceau de nourriture, son appétit diminuant.

— Est-ce à cause de mon père ?

— Je ne pourrai jamais lui pardonner ce qu'il a fait. J'ai vu le cœur de ma mère lâcher. Vous ne pouvez pas savoir ce que c'est. En quelques années seulement, Helen et moi nous sommes retrouvés complètement seuls.

Livvy voulait qu'il se confie à elle, et la conversation s'y prêtait. Elle se rapprocha de Martin, et il posa le plateau sur la table à côté de lui.

— J'aimerais en savoir plus sur elle.

— Elle est merveilleuse. Je le pense vraiment. Je connais beaucoup d'hommes qui trouvent leurs sœurs fatigantes, ennuyeuses ou coûteuses. Mais Helen est... formidable. Elle est la plus intelligente de nous deux et aussi la plus courageuse. Elle a fait un duel à ma place à une époque où j'étais jeune et stupide.

— Un *duel* ?

Martin gloussa.

— J'ai joué à des tables de Bath pour essayer de gagner de l'argent, mais j'ai tout perdu. En découvrant que je ne pouvais payer mes dettes, un homme du nom de Gareth Fairfax m'a provoqué en duel. Mais quand Helen l'a découvert, elle m'a enfermé et a pris ma place. Elle a enfilé mes vêtements et dissimulé ses cheveux. C'était assez impressionnant, m'a-t-on dit.

— Que s'est-il passé ?

Elle posa une main sur son bras et se blottit contre lui.

— Garrett et elle se sont battus en duel, elle l'a égratigné et lui a révélé qu'elle était une femme. Alors il l'a emmenée chez lui pour payer mes dettes.

Livvy se raidit.

— Comme vous l'avez fait avec moi ?

— Oui, soupira-t-il. Croyez-moi, la similitude entre cette situation et la nôtre ne m'échappe pas. Mais je vous ai donné le choix. Helen n'a pas eu cette chance.

— Donc elle est rentrée avec lui, poursuivit Livvy.

— Figurez-vous qu'ils sont tombés amoureux. Ils sont mariés depuis sept ans et ont deux enfants.

Livvy posa la tête sur l'épaule de Martin, se demandant pourquoi ils ne pouvaient pas être aussi chanceux, mais elle connaissait la réponse. Les actes de son père, des années plus tôt, planeraient à jamais au-dessus de leurs têtes et les sépareraient pour toujours.

— Vit-elle à Londres ?

Martin secoua la tête.

— Elle vit près de Bath. Mais Garrett et elle ont une maison en ville, et ils me rendent parfois visite.

— Oh...

Livvy essaya de lutter contre sa déception. Elle savait qu'elle ne pourrait jamais rencontrer Helen, pas avec son statut. Les hommes ne présentaient pas leurs maîtresses à leur famille.

— Je suis désolé. Nous n'avons pas fait beaucoup d'activités sociales depuis que vous êtes ici. Je pourrais lui écrire, voir si elle souhaite venir. J'avais prévu de lui rendre visite pour Noël, mais...

Mais ils n'étaient pas sûrs qu'elle serait encore avec lui pour les fêtes. Livvy ignora la douleur que cette pensée fit naître dans sa poitrine et se concentra sur le moment présent.

— Mais elle ne peut pas me rencontrer... Je ne suis pas...

— Vous êtes une belle jeune femme. Vous n'êtes pas comme les autres. Helen est plus... ouverte que la plupart des gens. Elle ne vous jugerait pas, pas quand les péchés sont les miens. Je pense qu'elle pourrait venir.

Livvy essaya de tempérer son excitation et l'embrassa sur la joue.

— Ce serait merveilleux !

Martin la serra dans ses bras, puis se glissa hors du lit pour raviver le feu et souffler les dernières bougies. Il la rejoignit ensuite dans le lit, et ils se préparèrent à dormir. Livvy se lova contre Martin. Elle aurait aimé ne pas penser au jour où leurs chemins se sépareraient. Son cœur se briserait sûrement à ce moment-là.

LES DEUX SEMAINES SUIVANTES PASSÈRENT TROP rapidement aux yeux de Livvy. Martin et elle étaient pris dans un tourbillon de passion et de plaisir. Ils faisaient de l'équitation le matin et sortaient en journée. La nuit, ils faisaient l'amour jusqu'à s'effondrer, épuisés, dans les bras l'un de l'autre. Sur tous les plans, sauf un, ils semblaient vivre pleinement leur vie ensemble. Seule une ombre planait encore : les circonstances de leur rencontre. Et c'était suffisant pour lui rappeler en permanence qu'elle n'était pas la femme de Martin, mais sa maîtresse.

Livvy s'attarda à la porte de la bibliothèque et regarda le canapé vide. Martin devait la retrouver pour un déjeuner léger avant qu'ils ne partent pour la journée. Elle fixa le canapé, et une idée malicieuse lui vint. Elle lui venait d'une scène de l'un de ses romans préférés et elle voulait voir si Martin l'apprécierait.

Elle enleva ses ballerines et ses bas, puis souleva sa jupe en soie bleue et or pour s'asseoir en travers du canapé. Appuyant son dos contre un accoudoir, elle jeta ses jambes par-dessus l'accoudoir opposé dans une pose scandaleuse qui exposait ses jambes jusqu'aux cuisses. Puis elle croisa une jambe sur l'autre au niveau du genou et attendit. Au bout de quelques minutes, elle entendit Martin siffloter dans le couloir.

— Livvy ? l'appela-t-il.

— Je suis à la bibliothèque !

Elle se couvrit la bouche pour étouffer un glousse-ment. Elle avait hâte de voir sa tête quand il entrerait.

La porte s'ouvrit et il jeta un coup d'œil dans l'em-brasure.

— Livvy, je...

Il se figea, les lèvres entrouvertes alors qu'il la regar-dait. Puis son choc se transforma en désir pur alors qu'il refermait la porte derrière lui, la verrouillant. Livvy agrippa ses jupes, les remontant encore plus haut alors qu'il s'avançait vers elle.

— D'humeur joueuse ?

Sa voix était grave, avec un côté dangereux.

— Je me demandais si vous vouliez jouer aussi.

Elle battit des cils et fit quelque chose qu'elle n'avait pas prévu. Elle glissa sa main entre ses cuisses, écartant ses sous-vêtements, puis inséra un doigt dans sa propre intimité humide.

Martin tomba à genoux avec un gémissement devant le canapé. Livvy l'observait à travers ses paupières à demi fermées tandis qu'elle continuait à se caresser, et finalement il parut incapable d'attendre un instant de plus. Il l'attira face à lui sur le canapé et écarta ses jambes, remontant ses jupes jusqu'à ses hanches. Puis il déchira ses sous-vêtements délicats jusqu'à trouver le chemin de son intimité. Il posa sa bouche contre ses lèvres, son souffle chaud balayant les parties les plus sensibles de son corps. Sa langue habile fit naître une chaleur aveuglante en elle alors qu'il l'explorait.

Livvy haleta, rejetant sa tête en arrière alors qu'il s'enfonçait en elle encore et encore. Cette sensation lui donnait le vertige, lui procurant un plaisir ardent. Elle se tordait contre lui et il lui attrapa les hanches, la maintenant immobile.

— Tenez-vous bien, petit diablotin, ou je vous penche sur la table la plus proche et je vous donne tout ce que j'ai.

Son ton sombre et délicieux ne fit qu'augmenter son désir.

— Ne me promettez jamais quelque chose comme cela...

Elle enfonça ses doigts dans ses cheveux dorés.

— À moins que vous n'ayez l'intention d'aller jusqu'au bout.

Il glissa sa langue en elle, et elle se cambra, criant sous le déferlement de plaisir. Elle était si proche d'atteindre l'extase, si délicieusement proche.

Il se leva et l'éloigna du canapé. Avant qu'elle ne puisse réagir, il la pencha sur la table de lecture et fit remonter ses jupes jusqu'à ses hanches par-derrière. Il défit son pantalon et la remplit de sa tige épaisse, s'enfonçant profondément en elle.

Livvy gémit, appuyant sa joue contre la table, heureuse de sentir le bois frais, car tout en elle était en feu. Elle écarta les jambes plus largement pour le recevoir. Alors qu'il la possédait, elle oublia complètement qui elle était. Elle était devenue une créature primitive, animée par un besoin sauvage d'être comblée par l'homme derrière elle. Elle était folle de lui, folle d'être possédée par lui. Elle ne voulait plus qu'il s'arrête.

Martin la dominait, s'accrochant à ses hanches et la pénétrant sans relâche. C'était donc cela le délicieux danger qui l'attirait comme un papillon vers une flamme. Elle aurait beau se brûler les ailes, elle en demanderait toujours davantage.

Quand elle jouit, elle cria son nom. Quelques secondes plus tard, il prononça sauvagement le sien avant de s'effondrer sur elle.

— Tout va bien ? murmura-t-il, et il embrassa la nuque de la jeune femme.

— Je vais...

Elle prit une profonde inspiration.

— Divinement bien. Et vous ?

— Merveilleusement bien également.

Il gloussa et lui mordilla tendrement le lobe de l'oreille avant de se retirer. Il les nettoya tous deux avant qu'elle ne remette ses jupes. Elle fit deux pas tremblants avant de s'effondrer dans les bras de Martin en riant. Il la porta jusqu'au canapé et l'assit sur ses genoux. Ils restèrent ainsi, gloussant ensemble en se remettant de leurs émotions.

— Vous ne cesserez jamais de m'étonner, dit-il avec un sourire doux et ensoleillé qui la remplit de chaleur.

Elle fit glisser un doigt le long des plis de sa cravate.

— J'espère que c'est une bonne chose.

— C'est une chose excellente.

Il l'embrassa doucement, lentement, si délicatement qu'elle avait l'impression de vivre le plus merveilleux des rêves éveillés. Elle aurait voulu qu'il ne prenne jamais fin.

— Livvy, je...

Elle ne sut jamais ce que Martin s'apprêtait à dire. Un coup porté à la porte de la bibliothèque les interrompit.

— Monsieur, vous avez des visiteurs, lança Harris derrière la porte fermée.

— Des visiteurs ? Qui donc ?

— Votre sœur et son mari... et les enfants, bien sûr.

— Bon Dieu.

Martin s'empressa de l'enlever de ses genoux, et de ramasser ses bas et ses ballerines, le visage rouge. Ses mouvements saccadés pour remonter son pantalon soulignaient son anxiété.

— Helen est ici ?

Livvy déchira presque ses bas en les enfilant.

— Oui. Pourquoi n'allez-vous pas dans votre chambre pendant que je m'occupe de ma sœur et de ce désordre ?

Livvy essaya d'ignorer le qualificatif péjoratif. Elle se réfugia dans sa chambre à coucher et claqua la porte, puis y appuya son dos. Martin avait raison. La situation était désastreuse. Elle ne pouvait pas être présentée à sa sœur et à sa famille. Ce serait scandaleux, et sans doute sa sœur le verrait-elle comme une insulte. Elle avait été idiote de penser qu'elle pourrait un jour rencontrer sa famille.

Je n'ai plus qu'à attendre qu'ils partent. Elle ignora les larmes brûlantes qui coulaient. Elle avait été stupide d'imaginer rencontrer sa famille. Il n'en avait jamais été question.

Je suis une femme entretenue, pas son épouse.

14

Martin vérifia une fois de plus sa cravate dans le miroir de l'entrée et se passa les mains dans les cheveux, essayant de les dompter. Livvy s'en était donné à cœur joie durant leurs ébats. Puis il entra dans le salon et se retrouva face à sa sœur jumelle.

Helen se tenait près de la cheminée. Elle ne mesurait que quelques centimètres de moins que lui et avait les mêmes cheveux blonds et le même visage, avec un supplément de beauté féminine. Dans ses bras, elle portait Delilah, sa fille de deux ans et à côté d'elle se trouvait Gareth, son mari. Il tenait par la main leur fils de cinq ans, Jeremy, qui poussa un cri de joie lorsqu'il vit Martin.

— Oncle Martin !

Il lâcha la main de son père et se précipita vers lui. C'était une tradition entre eux. Jeremy se jetait sur Martin, et Martin l'attrapait. Il entoura le petit garçon de ses bras. Il avait les yeux bleus de sa mère, mais ses cheveux bruns foncés étaient ceux de son père. Delilah, par contre, avait tiré de sa mère.

— Dis donc, mon grand, dit Martin en secouant l'enfant dans ses bras, tu as dû prendre trente centimètres depuis la dernière fois. Dans peu de temps, tu seras plus grand que moi !

Jeremy sourit et passa ses bras autour du cou de Martin, le serrant fort. Martin eut le souffle coupé. Il y avait de la magie dans l'étreinte d'un enfant. C'était de l'amour pur, de la confiance pure. Sa famille lui avait manqué plus qu'il ne voulait l'admettre. Quand il posa son neveu, il vit les yeux d'Helen briller de larmes, mais elle souriait. Martin fit un signe de tête à son beau-frère.

— Comment allez-vous, Gareth ?

— Bien, merci. J'ai cru comprendre qu'il en était de même pour vous. À tel point que vous avez été trop occupé pour nous rendre visite.

Il y avait un soupçon de reproche dans le ton de Gareth, mais il avait raison. Martin évitait parfois de leur rendre visite, car les voir si heureux était une torture pour son cœur esseulé.

— Nous aimerions *tous les deux* que vous nous rendiez visite plus souvent, ajouta rapidement Gareth.

Martin avait vécu avec eux pendant quelques années, le temps de se remettre sur pied. Gareth et lui avaient noué une profonde amitié, qu'il avait négligée dernièrement.

— Je viendrai plus souvent, promit-il. J'avais prévu de passer pour Noël.

— Avait ?

Helen s'approcha, déplaçant Delilah dans ses bras. La fillette était assoupie et avait posé la tête sur son épaule, les yeux mi-clos. Martin effleura la joue de la petite fille d'une main et celle-ci poussa un soupir de contentement.

— Eh bien...

Il avait eu l'intention de venir. Jusqu'à ce qu'il ramène Livvy chez lui. Il ne pouvait pas la laisser seule et ne pouvait certainement pas l'emmener avec lui.

— Est-ce parce que vous êtes fiancé ? lui demanda Helen.

Elle le sonda du regard et fronça les sourcils.

— Fiancé ?

Il manqua de s'étrangler.

— Oui, j'ai reçu toute la semaine des lettres d'amis qui m'ont dit qu'on vous avait aperçu en train de parcourir la ville et de faire des balades matinales avec une femme divine. Qui est-ce ?

Le visage d'Helen était si plein d'espoir qu'il ne pouvait éluder.

— Ce n'est pas ma fiancée. Peut-être que vous feriez mieux de vous asseoir, ma sœur.

Il fit un geste vers le canapé le plus proche et jeta un coup d'œil à Gareth.

— Pourquoi ne pas montrer la serre aux enfants ? Jeremy devrait apprécier la nouvelle plante carnivore que j'ai récemment acquise. Harris peut vous montrer de laquelle il s'agit.

Gareth acquiesça et récupéra Delilah auprès d'Helen. Puis Jeremy et lui quittèrent le salon.

Helen s'assit sur le canapé, le regardant avec inquiétude.

— Martin, qu'y a-t-il ? Dites-le-moi.

— Je vois une femme, mais c'est ma compagne, pas ma fiancée.

Helen plissa les yeux.

— Vous voulez dire votre maîtresse ? Vous avez déjà eu des maîtresses, mais vous n'avez jamais été vu en société avec elles au point que tout le monde en parle.

Il s'éclaircit la gorge.

— Celle-ci est... différente.

— Différente en quoi ?

Helen tapota le canapé, et il s'assit finalement à côté d'elle.

— Elle est merveilleuse. Douce, fougueuse, intelligente. Elle me fait me sentir...

Il détourna le regard, incapable d'avouer que Livvy le remplissait de rêves d'amour, des rêves qu'il avait trop peur d'embrasser, de peur de perdre ce qui lui tenait à cœur.

— Ne pouvez-vous pas l'épouser ?

— Si je le faisais, je ne serais jamais capable de passer outre sa famille. Et vous non plus.

Sa sœur fronça les sourcils, perplexe. Elle prit une de ses mains, comme elle l'avait fait des milliers de fois lorsqu'ils n'étaient que tous les deux contre le monde.

— Qui est-elle ?

Il voyait bien qu'elle avait une idée de la réponse, mais elle avait besoin de l'entendre de sa bouche.

— C'est la fille de Hartwell.

Helen retira sa main d'un coup sec, et même s'il s'y attendait, cela lui fit tout de même un choc.

— Hartwell a une fille ?

— Oui. Elle n'est pas du tout comme lui. Je...

— Comment diable vous êtes-vous retrouvé à fréquenter la fille de Hartwell ? demanda Helen d'une voix légèrement tremblotante.

— Je l'ai croisé à l'Argyll Rooms il y a quelques semaines. Et j'ai voulu lui prendre ce qu'il m'avait pris. Je me suis arrangé pour qu'il ait une importante dette envers moi et qu'il ne puisse pas la rembourser. Puis je suis allé la recouvrer. J'avais l'intention de le jeter à la rue, comme il l'a fait avec nous, mais ensuite j'ai vu Livvy et...

— Livvy. Est-ce son nom ?

— Oui. Je l'ai vue et c'est comme si j'avais été frappé par la foudre. J'ai eu le souffle coupé. Quand elle a proposé de se substituer à la dette de son père, je n'ai pas pu dire non.

— Martin...

Helen détourna le regard, incapable de lui faire face.

— Vous n'auriez pas dû faire cela.

— Je le sais. Croyez-moi, Helen, je sais à quel point c'était terrible, mais je l'adore et je ne peux pas la laisser partir.

— Sottises, dit fermement Helen. Vous *pouvez* la laisser partir. Soit vous faites ce qu'il faut et vous la prenez comme épouse, soit vous la renvoyez chez elle. La vie de maîtresse ne la comblera jamais, et si elle est aussi intelligente et charmante que vous le dites, elle mérite une existence meilleure que celle à laquelle vous la condamnez. Si vous tenez à elle, vous ne pouvez pas lui infliger cela.

Elle avait raison. La vie de maîtresse aurait des conséquences sur Livvy. À un moment donné, cela éteindrait le feu en elle qu'il aimait tant.

— Renvoyez-la chez elle après notre départ. Ensuite, rejoignez-nous pour Noël.

Martin déglutit péniblement, incapable de respirer. Renvoyer Livvy chez elle ? Il ne le voulait pas. Mais sa sœur avait raison.

— Vous devez le faire, Martin. Pour son bien. Si vous vous souciez d'elle un tant soit peu, vous ferez ce qui est le mieux pour elle.

— Oui, accepta-t-il d'une petite voix.

Un froid glacial s'insinua en lui à l'idée d'être à nouveau seul dans cette maison. Plus de rires. Plus de doux moments dans le noir au fond de son lit. Finis les petits-déjeuners à deux et les lectures communes à la bibliothèque.

Helen se leva et sourit tristement.

— Je vais aller chercher Gareth et les enfants et nous allons vous laisser. Venez dès que vous le pourrez. Nous voulons passer Noël avec vous.

— Je viendrai, promit-il.

— Bien.

Helen l'embrassa, puis elle partit retrouver sa famille dans la serre.

Martin ne sut pas combien de temps il était resté dans le salon à réfléchir, mais il alla finalement chercher Livvy. C'était mieux d'en finir vite. La renvoyer chez elle avant de trouver une dizaine d'excuses pour la garder auprès de lui.

Il trouva Livvy dans sa chambre, recroquevillée sur le lit, *L'Abbaye de Northanger* entre les mains. Mais il voyait bien qu'elle ne lisait pas, car ses yeux ne bougeaient pas.

— Livvy.

Il prononça son nom, la crainte formant un terrible creux dans son estomac. Était-ce la dernière fois qu'il la voyait ? La dernière fois qu'il prononçait son nom ?

— Martin, qu'y a-t-il ?

Elle ferma le livre et se glissa hors du lit, s'approchant de lui.

Il devait être fort. Elle ne devait pas savoir à quel point il était réticent à agir de la sorte. Si elle voyait une fissure dans sa carapace et qu'elle ressentait pour lui ce qu'il ressentait pour elle, alors elle pourrait bien refuser de partir. Et rester sa maîtresse finirait par la briser.

— Livvy, soyez prête à partir dans une heure. Une femme de chambre va préparer vos affaires.

Les mots étaient tranchants comme des couteaux.

— Que dites-vous ?

Elle tendit une main pour le toucher, mais il fit un pas en arrière.

Si elle ose me toucher maintenant...

— J'ai décidé de libérer votre père de sa dette et de vous libérer de vos obligations. Vous rentrez chez vous. Je ne voudrais pas que vous ratiez les fêtes en famille.

Il se retourna et quitta la pièce, fermant la porte pour mettre de l'espace entre eux. Lorsqu'il vit qu'elle ne venait pas le chercher, cela lui fit plus mal que prévu.

Peut-être ne ressentait-elle pas la même chose que lui après tout. Il trouva Harris en bas et fit signe au majordome de le rejoindre dans son bureau.

— Miss Hartwell rentre chez elle dans une heure. Demandez à une femme de chambre de préparer ses affaires et appelez la voiture.

Harris écarquilla les yeux

— Doit-elle vraiment partir ? Monsieur, puis-je vous parler franchement ?

Martin acquiesça, bien qu'il se doutât de ce que son majordome allait dire.

— Tout le personnel adore Miss Hartwell, et je pense que vous aussi. Devez-vous vraiment la renvoyer ?

Martin resta silencieux un long moment avant de répondre. Harris était à son service depuis de nombreuses années, et sa loyauté et sa confiance étaient inébranlables. Il méritait la vérité, du moins une partie.

— Je tiens trop à elle, Harris. C'est exactement pour cela qu'elle doit partir. Plus elle reste ici, plus je détruis son avenir. Je l'ai assez compromise comme cela, mais le mal est fait. Cependant, si je la renvoie chez elle, elle pourra toujours trouver un mari.

Il savait que les chances étaient minces, si la nouvelle de son arrangement avec lui s'était répandue aussi loin qu'il le craignait, mais il y avait des hommes prêts à prendre une jolie femme pour épouse même si elle n'était pas vierge.

— Je...

Harris s'éclaircit la gorge et poursuivit :

— Je suppose que le mariage n'est pas envisageable ?

— Non, répondit-il. Son père et moi avons une sombre histoire, et ce n'est pas une chose que je pourrais surmonter. Pas même pour elle.

— Ahhh...

La déception de Harris était évidente, mais il n'aborda plus la question. Martin en fut soulagé. Son départ allait leur faire du mal à tous.

— Je veillerai à ce qu'on prépare les affaires de Miss Hartwell.

Il se retourna pour partir.

— Harris. Assurez-vous qu'elle prenne tous ses vêtements, et veillez à ce que son cheval soit transféré dans les écuries de sa famille.

Il s'arrêta un moment, se demandant ce qu'il pouvait faire d'autre, à part l'impossible.

— Et elle peut prendre tous les livres qu'elle veut.

— Bien sûr, monsieur.

Martin s'enfonça dans une chaise de bureau quand Harris partit, essayant d'ignorer la bataille d'émotions qui faisait rage en lui. Il avait l'impression que son monde s'écroulait. Un froid glacial s'insinuait en lui, ressemblant à un désespoir gelé, lourd comme du plomb. Il avait peur de se noyer.

Je suis tombé amoureux d'elle. La fille de mon ennemi le plus détesté.

Une détresse comme il n'en avait jamais connu s'empara de lui. Il s'était cru insensible à la douleur depuis la mort de ses parents, mais il avait eu tort. C'était comme si une sombre lumière projetait sur lui une ombre fatale. Martin se couvrit le visage de ses mains, appuyant sur ses yeux de peur que des larmes ne trahissent le déchirement de son cœur.

❧ 15 ❧

Livvy demeura silencieuse tandis que Mellie rangeait ses nouveaux vêtements dans sa valise. Elle n'ouvrit pas non plus la bouche en voyant les livres s'empiler dans une malle. Les mots ne venaient tout simplement pas. Cela ressemblait plus à un enterrement qu'à un adieu.

Au moment de son départ, Mellie ne put cacher ses larmes. Alors que Livvy descendait les escaliers et acceptait la cape que lui tendait un valet de pied, elle lui murmura un remerciement. Il lui dit au revoir, la tête baissée, clairement bouleversé. Elle comprenait ce qu'il ressentait. Ces dernières semaines, elle avait fini par considérer cette maison comme son foyer et sa vie avec Martin comme son avenir. Quand elle arriva au niveau de la voiture qui l'attendait dehors, elle abaissa sa capuche pour cacher son visage.

Je ne pleurerai pas, je ne pleurerai pas.

Et elle s'y tint, même lorsque sa voiture s'arrêta devant la maison de son père. Elle entra, ne se souciant plus de ses valises ni de ses malles. Son père sortit précipitamment de son bureau et se figea quand il la vit. Cela faisait presque un mois qu'elle était partie, mais il avait l'air d'avoir vieilli prématurément.

— Livvy ? Tu es de retour.

Elle hocha la tête avec raideur.

Son père se précipita pour la prendre dans ses bras.

— Tu n'aurais jamais dû y aller.

— Nous aurions perdu notre maison, père.

Il la regarda, les yeux remplis d'émotions contradictoires.

— Je sais, mais ce n'est pas toi qui aurais dû porter ce fardeau sur tes épaules.

Il lui frotta les bras, le visage marqué par l'inquiétude.

— T'a-t-il fait du mal ?

À présent, elle pouvait la sentir, la brûlure des larmes traîtresses.

— Non, père. Il a été gentil. Plus que gentil.

Elle fit signe à leur unique domestique, qui portait les valises et la malle.

— Mais il m'a renvoyée, et me voilà donc.

— Pourquoi n'irais-tu pas te reposer à l'étage ? Nous dînerons dans quelques heures.

Son père la serra à nouveau doucement dans ses bras, comme si elle était incroyablement fragile.

— Merci, père.

Elle monta dans sa chambre et ferma la porte, puis se jeta sur le lit et enfouit son visage dans le matelas. Les larmes chaudes coulèrent sans bruit. Elle était encore sous le choc.

Pourquoi l'avait-il renvoyée ? Ils étaient si heureux, si merveilleusement heureux. Qu'est-ce qui avait mal tourné ? Cela devait avoir un rapport avec la visite de sa sœur. Peut-être Helen avait-elle appris que Livvy vivait avec Martin et avait-elle exigé qu'il la renvoie dès qu'elle avait appris qui était son père ? Martin et sa sœur étaient jumeaux, et ces liens étaient profonds. Il aurait tout fait pour elle.

Y compris me renvoyer.

C'était pour le mieux, elle le savait. Elle n'aurait pas pu rester longtemps avec Martin. Elle se serait sentie enfermée comme un oiseau, sans amis, sans acceptation sociale. Elle aurait dû se cantonner à un monde d'ombres et de bals de courtisanes avec d'autres femmes entretenues. Au moins de cette façon, elle pourrait mener une existence paisible de vieille fille. Fréquenter quelques dames compréhensives qui la considéreraient comme leur amie quand la nouvelle de sa ruine aurait été remplacée par d'autres scandales.

Livvy s'endormit, rêvant de l'éléphant sur la Tamise glacée et de baisers échangés dans la bibliothèque. Elle se réveilla en entendant un vif échange derrière la porte de sa chambre. Elle se leva d'un bond, essayant de chasser la torpeur et d'entendre ce qui se disait.

— Où est-elle ? demanda la voix froide d'un homme.

— Vous ne la prendrez pas, vous entendez ?

Le cri de son père était désespéré.

— Je le ferai si cela me chante. Vous m'être redevable, Hartwell, et c'est elle que je veux en paiement. Je sais que vous l'avez déjà prostituée avant. Vous pouvez bien me la remettre à présent.

La poignée de la porte cliqueta lorsque quelqu'un essaya de l'ouvrir, mais Livvy l'avait verrouillée lorsqu'elle s'était retirée, ne souhaitant pas être dérangée.

— Ouvrez cette porte immédiatement, Miss Hartwell ! s'écria l'homme.

— Non, Livvy !

L'avertissement de son père fut coupé court. Elle entendit un grognement, puis le bruit sourd de sa chute.

— Père ! cria-t-elle en se pressant contre la porte.

— Miss Hartwell, sortez immédiatement ou je risque d'endommager votre père de façon permanente.

— Vous n'oseriez pas !

— Vraiment ? Votre père a une dette envers moi, et

je vous assure que, vu ma position, les tribunaux seront de mon côté, même si je devais le tuer par *accident*.

Le cœur de Livvy s'enfonça dans sa poitrine. Elle inspira profondément avant d'ouvrir la porte.

Un grand homme aux cheveux noirs se tenait à quelques centimètres d'elle. À la seconde où il vit une ouverture, il poussa la porte en grand. Elle bascula en arrière en grimaçant. Le choc fit naître une vive douleur dans sa poitrine. L'homme fut sur elle en un instant. Il saisit un de ses bras et la leva d'un coup sec.

— Venez avec moi. Maintenant, grogna-t-il et il la traîna hors de la pièce.

Son père gisait inconscient par terre.

— Qui êtes-vous ?

Elle tenta de se défaire de sa prise.

— Lord Stamford.

Livvy frissonna en réalisant qui il était. Elle avait entendu parler de lui, une brute ignoble déguisée en vicomte, bien connu pour toujours s'en sortir malgré ses actes répréhensibles.

— Vous allez payer la dette de votre père.

Livvy déglutit bruyamment, parvenant à peine à respirer.

—Je vous en prie, laissez-moi partir.

Elle savait que les suppliques ne serviraient à rien, mais quelles autres options avait-elle ?

— Restez à votre place, femme, et vous verrez que le temps passera plus vite.

Il l'entraîna dehors. Elle était reconnaissante de ne pas avoir encore enlevé sa cape sans quoi elle aurait été gelée. Stamford la poussa dans une voiture qui attendait, et elle se recroquevilla dans un coin, aussi loin de lui que possible. Elle devait trouver un moyen de s'échapper.

Il s'assit, un sourire cruel étirant ses lèvres. Elle ne pouvait s'empêcher de voir la différence avec Martin, malgré l'étrange similitude de la situation. Un sentiment de nostalgie lui transperçait le cœur. Elle aurait donné n'importe quoi pour être de nouveau dans ses bras.

— Pourquoi m'avez-vous emmenée ? demanda-t-elle à Stamford. Êtes-vous si désespéré d'avoir une maîtresse que vous devez prétexter des dettes pour en avoir une ?

Stamford sourit.

— Vous avez la langue bien pendue. Faites attention à ne pas la mordre accidentellement.

Livvy serra les dents.

— Je vous ai enlevée à votre foyer parce qu'un bâtard du nom de Banks m'a provoqué en duel pour vous, et je souhaite le punir.

— Martin s'est battu pour moi ?

— Je lui ai tiré dessus, mais je l'ai seulement effleuré.

Stamford serra les poings sur les cuisses.

— J'ai remporté ce duel, et je ne me laisserai pas ridiculiser par qui que ce soit.

Livvy se souvint soudain du retour de Martin après ses propos insensibles. Il avait été blessé, mais il avait refusé de lui dire comment.

— J'espère que vous êtes un sacré bon coup. Votre vie pourrait bien dépendre de mon humeur.

Le calme glacial de Stamford lorsqu'il proféra sa menace la paralysa presque.

Ne le laisse pas t'effrayer. Tu dois trouver un moyen de t'échapper.

Elle aurait voulu se recroqueviller pour fuir la peur qui grandissait en elle, mais elle ne le pouvait pas. Elle devait être courageuse.

La voiture s'arrêta. Il sortit le premier et claqua des doigts avec impatience. Elle se précipita derrière lui et il lui attrapa le bras, la poussant dans les escaliers. Elle manqua de trébucher. Il lui adressa un juron, mais ne fit rien pour l'aider.

Elle le suivit et jeta un coup d'œil à l'intérieur. La décoration était bien trop tape-à-l'œil, comme s'il voulait assommer ses hôtes avec sa force et sa fortune, mais sans aucun sens ni but. Les tapis persans contrastaient avec les lampes grecques et les canapés ottomans. Rien à voir avec l'élégance raffinée de la maison de Martin.

— Baird ! beugla Stamford au majordome à l'air hagard.

— Oui, milord ?

Baird lui jeta un regard et s'empressa de détourner les yeux.

— Emmenez cette femme dans ma chambre à coucher. Je veux qu'elle prenne un bain. Elle devra m'attendre là-bas.

Sans un mot de plus, Stamford partit.

Livvy et le majordome échangèrent un regard.

— Par ici... Miss...

— Hartwell. Livvy Hartwell.

Elle releva le menton, cherchant désespérément à cacher sa peur.

— Miss Hartwell.

Le regard de Baird était plein d'excuses et il lui fit signe de le suivre. Elle souleva ses jupes et le suivit à l'étage. Lorsque le majordome la conduisit à la chambre de son maître, il garda les yeux baissés.

— Une femme de chambre sera bientôt là pour vous aider. Un valet de pied va remplir la baignoire.

Livvy ravala sa réponse. Cela n'apporterait rien de rétorquer qu'elle ne comptait pas se déshabiller ni prendre de bain. Elle attendit qu'il ferme la porte, puis tourna la clé dans la serrure après avoir entendu ses pas s'éloigner.

Stamford s'en était peut-être déjà pris à d'autres femmes, mais elle ne se laisserait pas faire. Elle observa la pièce et repéra un bureau massif. Elle le poussa contre la porte du mieux qu'elle put. Puis elle reprit son souffle un bref instant, son corset se pressant contre ses côtes, l'empêchant de respirer.

Il y avait une grande fenêtre derrière elle, et cela lui donna une idée. Elle se précipita vers cette dernière, l'ouvrant en grand. Elle fouilla dans l'armoire jusqu'à ce qu'elle trouve des draps. Elle s'efforça de les nouer ensemble, puis laissa pendre une extrémité de la corde de fortune sur le côté de la maison. Cela avait fonctionné pour Lady Leticia dans un roman gothique, alors pourquoi pas pour elle ? Bien entendu, elle ne s'en servirait pas comme Leticia, mais cela servirait tout de même à quelque chose.

Elle attacha l'autre extrémité à un montant métallique des fenêtres servant à retenir les rideaux. Elle craignait que sa corde ne puisse soutenir son poids, mais si elle pouvait *faire croire* à Stamford qu'elle s'était échappée, cela lui donnerait le temps de s'éclipser pendant qu'il serait distrait. Elle se glissa sous le lit pour attendre et pria pour que son plan fonctionne.

❀ 16 ❀

Martin regardait d'un air absent la neige tomber par la fenêtre de son bureau. Des piles de lettres demeuraient sans réponse, parfois non lues. Sa tasse de thé, chaude peu de temps auparavant, était désormais tiède. La pièce était glaciale malgré le feu qu'un valet de pied attentionné avait allumé alors qu'il avait la tête ailleurs.

Son bonheur, le peu qu'il en avait connu ces derniers jours, s'était envolé. C'était comme perdre sa mère et sa maison à nouveau. Son cœur sombre était en miettes. Il ne guérirait jamais.

Ma Livvy est partie. Partie parce que j'ai été trop lâche pour me battre pour elle.

Le regret pesait si lourdement sur lui qu'il avait du

mal à respirer sans éprouver une vive douleur dans la poitrine.

Il savait que ses domestiques devaient s'inquiéter et qu'il devait répondre aux lettres de ses clients, mais Martin ne trouvait ni la force ni l'envie de se soucier de quoi que ce soit pour l'heure.

Ses pensées étaient à des kilomètres de là. Il songeait à Livvy et à son courage lorsqu'elle avait touché l'éléphant à la foire. Comment elle l'avait poussé à faire de même et à affronter sa peur. Elle avait fait ressortir le meilleur de lui, encore et encore.

Et pourtant, j'ai eu peur de mes sentiments.

Il se frotta les yeux, soudain éreinté.

— Monsieur ?

La voix de Harris s'éleva derrière la porte fermée.

Il se détourna de la fenêtre.

— Oui ?

— Je suis navré de vous déranger, monsieur, mais Mr Hartwell est ici.

— Je ne veux pas le voir, grogna Martin.

— Monsieur.

La voix de Harris se fit plus forte, plus insistante.

— Il a été sévèrement battu. Il m'a dit qu'il avait besoin de votre aide. Un certain Stamford a enlevé Miss Hartwell.

— Que dites-vous ?

Martin bondit de son siège si vite qu'il le renversa. Il

ouvrit la porte et se retrouva face à Harris. Le major-dome fit un signe de tête vers l'entrée. Edwin Hartwell se tenait dans l'embrasure de la porte, chapeau à la main, l'œil tuméfié.

— Livvy a été enlevée ? Que diable s'est-il passé ? demanda Martin.

— Elle n'était à la maison que depuis quelques heures. Elle dormait quand *il* est arrivé, exigeant qu'elle parte avec lui pour régler une dette. Il semble que la nouvelle de votre arrangement avec elle se soit répandue en ville.

Le visage d'Edwin s'assombrit.

— Une dette ? Je lui ai racheté cette dette. Il n'a aucun droit sur elle. Pourquoi ne l'avez-vous pas arrêté ?

Martin aurait voulu noircir l'autre œil d'Edwin.

Edwin le regardait fixement, le visage de marbre.

— J'ai refusé ses demandes, et ce salaud m'a frappé. Quand j'ai repris connaissance, ils étaient partis. J'aurais fait n'importe quoi pour la protéger.

— Vous ne l'avez pas protégée de *moi* ! craqua Martin. En quoi étais-je différent de Stamford ?

Il détestait la vérité de ces mots, mais il ne pouvait pas non plus les nier.

Hartwell regarda le sol.

— Ma honte de ne pas l'avoir défendue davantage contre vous est ce qui m'a poussé à tenir tête à Stamford. Mais vous n'êtes pas le même genre d'homme que lui. J'ai vu les vêtements et les livres que vous lui avez offerts. J'ai vu son visage quand elle parlait de vous. Ma fille vous aime, et je pense que vous pourriez peut-être l'aimer aussi. Ce que vous ressentez pour moi, haine, dégoût, je suis sûr que je le mérite pleinement. Vous devez comprendre que tout ce que j'ai fait, c'était pour protéger ma propre famille. Je ne me remplissais pas les poches avec l'argent de votre famille, je voulais juste garder notre maison. Cela n'excuse pas mes actes, mais tout ce que j'ai fait, c'était pour Livvy. Si vous tenez à elle, vous devez l'aider. Je vous en supplie.

Les yeux d'Edwin étaient pleins de désespoir.

— Ce que je vous ai fait était plus que méprisable, mais ne laissez pas Livvy souffrir pour mes péchés. J'ai peur de ce que Stamford pourrait lui faire.

Martin grinça intérieurement. Il partageait cette crainte. Cet homme était dangereux.

— Harris, faites venir la voiture immédiatement.

— J'ai un fiacre qui attend déjà, dit Edwin. J'avais espéré que vous accepteriez.

— Alors, hâtons-nous.

Martin ne prit pas la peine d'aller chercher un manteau. Il était en feu, bouillant d'une rage grandissante. Si Stamford faisait du mal à Livvy, il le *tuerait*.

L IVVY ÉCOUTAIT LE MARTÈLEMENT SUR LA PORTE DE LA chambre.

— Espèce de petite – aargh !

La porte s'ouvrit dans un bruit sourd, et le bureau qui la bloquait bougea de quelques centimètres. Un autre bruit sourd et le meuble bougea à nouveau. Chaque fois que les pieds en bois grattaient le sol, ce bruit lui vrillait les tympans. Elle couvrit ses oreilles et regarda le bureau trembler et glisser centimètre par centimètre tandis que Stamford se ruait sur la porte. Il eut enfin assez d'espace pour pénétrer en trombe à l'intérieur. Livvy ne voyait que ses bottes. Il s'arrêta au niveau de la fenêtre.

— Elle pense pouvoir aller loin ? C'est ce qu'on va voir, grogna-t-il en quittant la pièce.

Livvy retint son souffle. Après quelques instants, elle sortit de sous le lit et se dirigea sur la pointe des pieds vers le bureau et la porte ouverte. Elle entendait les hurlements lointains de Stamford en bas, au premier étage. Il n'y avait pas de domestiques dans les parages et elle dévala les escaliers pour se diriger vers la porte d'entrée. Si elle pouvait juste atteindre la rue...

La douleur lui vrilla le crâne lorsqu'on la tira violemment par les cheveux.

— Vous vous prenez pour une petite futée, n'est-ce pas ?

Le ronronnement insupportable de Stamford la poussa à se débattre. Elle lui griffa la joue au sang. Il aspira l'air entre ses dents et la relâcha, mais lui mit son poing dans la figure. Il la cueillit à la pommette et une vague d'agonie la submergea. Ses genoux se dérobèrent sous elle, et elle tomba à ses pieds. Stamford lui administra un coup dans l'estomac, et elle se recroquevilla sur le côté, luttant pour respirer. Il leva à nouveau le pied, et elle se mit en boule. Un coup à la porte fit reculer Stamford. Il la regarda fixement.

— Un seul foutu son et vous le regretterez, la prévint-il.

Livvy se recroquevilla dans l'ombre derrière la porte, et Stamford l'ouvrit.

— Qu'est-ce que vous...

Livvy ferma les yeux en entendant les échauffourées et les bruits de bagarre. Puis elle les rouvrit et vit Stamford revenir en titubant. Une seconde plus tard, Martin, son ange gardien, s'avançait vers Stamford, les poings levés.

— Où est-elle ? demanda Martin.

— Je suis là ! dit Livvy d'une voix étouffée.

Stamford profita de sa distraction pour se jeter sur Martin et le plaquer au sol. Il semblait prêt à lui enfoncer le crâne quand quelqu'un le fit soudain tomber à la renverse.

— C'est pour ma fille !

Son père avait grimpé sur Stamford et le frappait encore et encore. Livvy vit avec horreur Stamford gémir et se tordre sous les coups de son père, s'acharnant sur lui comme une bête sauvage. Martin agrippa son père par les épaules et l'éloigna en lui glissant quelque chose à l'oreille. Ensuite seulement il lâcha Stamford. Mais il lui administra un coup de pied dans les côtes avant de s'épousseter. Puis il leva les yeux et la vit.

— Livvy !

— Je suis là.

Livvy se redressa en prenant appui sur le mur, les jambes encore tremblantes.

— Dieu merci.

Son père la prit dans ses bras.

— T'a-t-il fait du mal ?

— Oui, mais pas autant que vous l'avez blessé, je pense.

Elle grimaça quand ses côtes crièrent leur protestation. Le feu illumina les yeux de son père et Martin posa une main ferme sur son épaule.

— Emmenez-la à la voiture, dit-il. Je m'occupe de lui.

Elle suivit son père à l'extérieur, mais se retourna pour voir Martin qui se tenait au-dessus de Stamford, les poings sur les hanches. Il la regarda un moment, puis, le visage impassible, ferma la porte. C'était pour le mieux. Elle ne voulait pas voir ce qu'il pourrait faire, même si Stamford le méritait. La voiture se mit en branle une fois son père et elle à l'intérieur. Elle s'effondra contre les coussins, respirant difficilement. Son père la regardait avec anxiété.

— Pourquoi avoir fait venir Mr Banks ? demanda-t-elle doucement.

Après tout ce qu'elle venait de vivre, son corps était comme en feu. Elle avait envie de pleurer. Elle aurait voulu y retourner et frapper Stamford elle-même. Elle voulait que Martin revienne et la prenne dans ses bras. Ces désirs conflictuels étaient à la limite du supportable. Elle serra les mains sur ses genoux pour dissimuler leur tremblement.

— Pourquoi ? Parce qu'il est évident qu'il est amoureux de toi.

— Vous vous trompez.

Il ne m'aurait pas renvoyée si c'était le cas.

— Quand je lui ai dit que Stamford t'avait enlevée, il était furieux...

— C'est un gentleman. Je suis sûre qu'il est venu à mon secours pour cette seule raison.

Son père la fixait comme si elle était folle.

— Crois-moi. Je connais ce regard. J'ai le même pour ta mère et toi. Cet amour que j'ai pour vous deux m'a conduit à faire des choses discutables pour vous protéger et assurer votre bonheur. Je vois le même regard dans ses yeux. Cet homme t'adore.

Martin entra finalement dans la voiture et essuya ses articulations ensanglantées sur son pantalon. Il détourna le regard quand il surprit Livvy en train de le fixer. Pendant une seconde, c'était comme si son père n'était pas dans la voiture avec eux. Ils étaient seuls, juste tous les deux, et c'était tout ce qui comptait.

— Je vais vous raccompagner chez vous, dit enfin Martin, la tête toujours tournée.

Livvy se crispa devant sa froideur. Elle avait le goût amer de la déception sur la langue, mais elle se força à parler.

— Merci d'être venu à mon secours, Mr Banks.

Martin hocha la tête avec raideur, regardant par la fenêtre. Livvy l'observait, priant pour apercevoir un signe qu'il souffrait autant qu'elle. Mais il ne lui accorda pas un regard. Il gardait son attention rivée sur l'extérieur.

Lorsque la voiture arriva chez elle, elle fit signe à son père de descendre, mais il secoua la tête.

— Laisse-moi un moment avec Mr Banks.

Livvy quitta la voiture et rentra chez elle. Elle mit une main sur sa bouche en se détournant, envahie par une nouvelle vague de douleur. Était-il possible d'avoir le cœur brisé une seconde fois ? Elle était certaine qu'il avait à nouveau éclaté en mille morceaux.

— Dites-moi que vous ne l'aimez pas, dit Edwin.

Plus que vous ne l'imaginez. Plus que je n'oserai jamais l'admettre à quiconque.

— Je...

Les mots étaient là, sur le bout de sa langue, mais ils ne venaient pas. Ce n'était pas facile d'admettre ses sentiments devant un homme qui lui avait tant pris.

— Je sais que nous ne serons jamais amis, et que la plus simple cordialité existera au mieux entre nous, mais je vous en prie, ne laissez pas mes péchés ruiner votre avenir avec elle, si c'est ce que vous désirez. Je ne peux pas m'excuser pour les torts que j'ai commis envers votre famille. Je peux seulement vous dire que je me battais pour empêcher la mienne d'être expulsée. J'ai pris des décisions contestables pour protéger Livvy et sa mère, mais je ne regrette pas d'avoir essayé. Je sais que vous le comprenez, à défaut d'autre chose. Si vous l'aimez, ne laissez pas notre passé ruiner votre avenir.

Les yeux d'Edwin ne contenaient aucune cruauté, aucune ironie, aucune trace de l'homme qu'il avait été plus de dix ans plus tôt. Était-il possible qu'il ait vraiment changé ?

— Je vais y réfléchir, dit enfin Martin, mais alors même qu'Edwin sortait de la voiture, Martin sut ce qu'il ressentait vraiment.

Après avoir vu Livvy meurtrie, sa rage l'avait remplie d'un besoin aveuglant de la protéger.

Je ne peux pas vivre sans elle. Si cela signifie pardonner à son père d'une manière ou d'une autre, je le ferai.

Elle valait la peine d'être protégée. Elle méritait d'être aimée, quel qu'en soit le prix.

Il frappa le toit de la voiture avec sa canne. La canne qu'elle l'avait convaincu d'acheter à la foire sur la glace.

Il avait du pain sur la planche.

Il n'est pas revenu me chercher.

Livvy était assise dans le salon, un livre entre les mains, mais elle ne lisait pas. Les braises mouraient dans l'âtre, et dehors, la neige tombait dru en ce petit matin. Cela faisait une semaine qu'elle avait échappé aux griffes du vicomte Stamford, et elle avait l'impression d'être prise au piège. Tout ce qu'elle pouvait faire, c'était se remémorer ce moment où Martin était venu à son secours. Mais ensuite, il l'avait reconduite chez elle avec son père, et elle avait alors su qu'elle ne le reverrait jamais. Elle avait espéré qu'il revienne lui demander sa main. Mais il n'en avait rien fait. Il avait volé à son secours une fois, mais il ne comptait pas revenir.

Elle mit le livre de côté. C'était la même routine

depuis des jours, un vagabondage apathique de pensées, pas la moindre envie de sortir du lit. La nourriture semblait fade et le monde plus gris qu'avant. La vie elle-même était devenue pâle. Elle avait le cœur brisé. C'était si douloureux qu'elle aurait pu en mourir. Cela semblait terriblement dramatique, presque tiré d'un de ses romans gothiques, mais c'était vrai. Effroyablement vrai.

— Livvy, ma chérie ?

La voix de sa mère la tira de ses sombres pensées.

— Oui ?

— J'ai fait faire une nouvelle robe pour toi. J'aimerais voir comment elle te va.

Cela semblait être une façon épouvantable de passer son temps, mais quelle était l'alternative ? Elle rejoignit sa mère dans sa chambre, à l'étage. Une grande boîte blanche était posée sur le lit. Sally, leur domestique, attendait pour l'aider.

Sa mère fit un signe de tête vers la boîte.

— Eh bien, vas-y, jettes-y un coup d'œil.

— Mère je n'ai pas besoin d'une nouvelle robe. J'en ai déjà...

Elle ne termina pas sa phrase. Elle venait de prêter attention à la robe violette élimée de sa mère. Elle aurait préféré qu'elle s'en achète une à la place.

— S'il te plaît, Livvy.

Sa mère avait l'air étrangement désespérée.

Elle soupira et ouvrit le paquet. À l'intérieur se trouvait une superbe robe rose en soie onéreuse. Elle était trop fine pour une robe de jour et ressemblait davantage à une robe de soirée, mais le décolleté était moins plongeant. Elle sortit la robe de la boîte et la plaqua contre elle, tournant devant le miroir, fascinée et légèrement confuse. Comment pouvait-elle se permettre cela ? Elle aperçut le sourire larmoyant de sa mère dans le miroir.

— Mère, quel est le problème ?

Sa mère essuya les larmes sur ses joues.

— Je m'imagine à quel point tu seras belle dedans. Je t'en prie, enfile-la.

Elle fit signe à la femme de chambre d'aider Livvy à se changer.

Une fois Livvy enfin habillée, sa mère la prit doucement par le coude.

— Ton père et moi aimerions te présenter quelqu'un.

Livvy suivit sa mère en bas, l'estomac noué par la nervosité. Son père portait son plus beau manteau noir et lui tendit sa nouvelle cape.

— Père, qui allons-nous rencontrer ? demanda-t-elle.

Ses parents agissaient bien trop étrangement. Elle sentit la tension monter en elle.

— Quelqu'un que tu seras heureuse de voir, je l'espère, répondit-il.

Il l'embrassa sur le front et ils montèrent tous les trois dans un fiacre. Livvy observait ses parents avec appréhension, en essayant de ne pas penser à qui elle serait heureuse de voir. *Faites que ce ne soit pas un prétendant que mère a rencontré autour d'un thé.*

Un seul homme pouvait la rendre heureuse, et elle avait peur d'être déçue si ce n'était pas lui.

Martin.

Son cœur eut un sursaut d'espoir, mais c'était impossible. Il l'avait laissée partir. Plus que jamais, elle se sentait proche de Lady Leticia, le personnage de son roman gothique préféré. Elle avait été chassée par le duc et renvoyée chez elle pour sa propre sécurité, et le duc lui avait murmuré à l'oreille : « Mon temps au soleil est terminé et à présent je dois faire face à l'hiver de ma vie sans vous. » Lady Leticia était bien sûr revenue et avait sauvé le duc de son perfide jeune frère, et le danger avait été écarté. Ce ne serait pas la même chose pour Livvy, et elle le savait. Aucune fin heureuse ne l'attendait. La voiture s'arrêta et elle jeta un coup d'œil à l'extérieur, frissonnant lorsqu'un léger courant d'air froid s'infiltra par la fenêtre. Ils étaient arrivés à l'église St George.

— Père ?

Elle regarda son père, mais il sourit avec un mélange de joie et de mélancolie. Il sortit de la voiture et les aida, sa mère et elle, à s'en extraire. Ensemble, ils montèrent les marches de l'église. Son père fit entrer sa mère, mais Livvy et lui restèrent sur les marches un moment de plus.

— Père que se passe-t-il ? demanda Livvy, son cœur battant la chamade.

Il passa ses doigts sur sa joue, comme quand elle était petite.

— Tu t'es sacrifiée pour sauver notre famille, Livvy. C'était...

Sa voix devint rauque.

— C'était ma mission, autrefois. Et j'ai échoué, ma fille chérie. Mais à présent, je peux arranger les choses.

— Il n'y a rien à arranger.

— Il y a *tout* à arranger. Tu mérites la vie que j'ai toujours rêvé de te donner. Et désormais, je le peux.

Il se dirigea vers les lourdes portes en bois et les ouvrit, puis lui offrit son bras. Livvy eut le souffle coupé en entrant dans St George. L'église était magnifique. L'espace était silencieux et désert à l'exception de sa mère et de trois hommes qui se tenaient près de l'autel. Un ecclésiastique, un homme aux cheveux bruns avec un sourire doux, et un autre aux cheveux d'or éclairés par le soleil du matin. On aurait dit le halo d'un ange déchu. Son ange.

— Martin ! haleta-t-elle.

Ses yeux qu'elle avait jugés autrefois si froids brillaient désormais comme la surface d'un lac d'été reflétant un ciel bleu. Elle regarda son père. Il essuyait ses larmes.

— Oui, dit son père en gloussant. Son ami, Mr Bennett a accepté d'être le témoin.

— Mais il n'est pas revenu me chercher, murmura-t-elle, le cœur si fragile et si plein d'espoir.

Elle n'en croyait pas ses yeux.

— Il le voulait plus que tout, mais il devait s'assurer que tout soit parfait avant cela.

Son père fit un geste vers sa nouvelle robe.

— Il a fait tellement pour nous, pour nous tous, Livvy. Tant que tu l'aimes, je ferai tout ce que je peux pour regagner sa confiance et son respect.

Livvy se mordit la lèvre si fort qu'elle faillit saigner.

— Je l'aime vraiment.

Tellement que cela fait mal.

Son père gloussa.

— Alors il est temps de l'épouser.

Quand elle atteignit Martin, il sonda son regard, des rides d'inquiétude plissant ses yeux et sa bouche.

— Cela n'a pas à se produire si vous ne le voulez pas, dit-il calmement.

— M'aimez-vous ? demanda-t-elle.

C'était la seule chose qui comptait pour elle.

— Oui. Plus que de raison, plus qu'un homme ne devrait aimer quoi que ce soit ou qui que ce soit. Je vous aime à la folie, je vous aime à...

Elle se jeta sur lui et l'embrassa, son cœur prêt à exploser. Ce ne fut que lorsque l'ecclésiastique se racla la gorge qu'elle se souvint qu'elle était dans l'église et que ses actes étaient inappropriés. Mais d'après le sourire de l'ecclésiastique, cela ne l'avait pas *trop* contrarié.

Elle sourit à Martin. La douce flamme dans ses yeux lui promettait une vie entière de moments comme celui-ci. Il baissa la tête vers elle, et leurs fronts se touchèrent. Elle eut alors l'impression qu'ils étaient les deux seuls êtres au monde. Leurs sentiments étaient authentiques. Il la voulait, maintenant et pour toujours. Le monde semblait revenir à la vie autour d'elle. La couleur et la joie reprenaient leur place.

— Vous savez, commença Martin avec un petit rire, je crois que je sais enfin comment vous appeler.

— Vraiment ?

Elle inclina la tête, l'observant.

— Pas ma maîtresse, mon amante, ni ma compagne... Je pensais à... mon *épouse*.

— Est-ce là votre façon de faire votre demande ? C'est un peu tard, je suis déjà là, dit-elle en s'efforçant de ne pas rire.

— Dois-je prendre cela pour un oui, chère épouse ? demanda-t-il, ses lèvres se recourbant en un sourire plein de malice.

— Je suppose que je pourrais vivre avec ce qualificatif.

Elle lui adressa un clin d'œil.

— Vous êtes un sacré brin de femme, dit-il d'un air taquin.

— *Votre* femme, répondit-elle.

Ils se tournèrent alors vers l'ecclésiastique, côte à côte.

Certains futurs pouvaient être détruits par une partie de cartes, tandis que d'autres s'écrivaient grâce à ces mêmes paris. Livvy avait parié sur l'amour de Martin – et elle avait remporté la mise.

ÉPILOGUE

Passer Noël chez les Fairfax avait quelque chose de magique. Martin ne pouvait le nier. Pendant tant d'années, il avait fui les fêtes de famille, mais cela avait changé. Il observait Livvy poursuivre son neveu dans l'herbe blanche. Ils étaient en pleine bataille de boules de neige. Il éclata de rire quand elle glissa et tomba sur les fesses. Jeremy se jeta sur elle. Ils roulèrent tous les deux, riant de plaisir.

— Elle est merveilleuse, Martin. Exactement comme vous l'aviez décrite.

Helen était à côté de lui. Elle tenait sa fille dans ses bras et la petite jouait avec une mèche de cheveux blonds d'Helen.

— Je n'ai jamais pensé...

Sa gorge se resserra.

— Que je serais capable de pardonner ce qui est arrivé à nos parents, ce qui nous est arrivé.

Helen sourit et lui fit un signe de la main.

— Laissez-moi vous montrer quelque chose.

Elle l'emmena dans un coin où se dressaient des buissons gelés près de la fenêtre de la bibliothèque. Un seul rosier avait réussi à résister à l'hiver, peut-être parce que le soleil de l'après-midi qui se reflétait sur les fenêtres réchauffait l'air autour des vitres.

— Voyez-vous ceci ?

Helen désigna le buisson où poussaient des roses bleues. Il n'en avait jamais vu de cette couleur auparavant.

— Vous rappelez-vous ce que notre mère avait l'habitude de nous dire ? Concernant la légende de la rose bleue ?

Il sourit et hocha la tête.

— Elle disait qu'elle ne pouvait pousser que lorsque deux ennemis tombaient amoureux.

Helen déplaça sa fille dans ses bras et sourit en voyant Gareth rejoindre Livvy et Jeremy pour jouer dans la neige.

— Nous avons tous deux épousé des personnes que nous pensions ne pas pouvoir aimer et pourtant.... ces mariages ont été le plus beau des cadeaux.

Martin était d'accord. Au moment où Livvy lui avait dit oui à St George, sa vie s'était transformée en un éternel printemps. Tant qu'il l'aurait auprès de lui, il y aurait toujours des roses bleues qui fleuriraient, même en hiver.

Livvy abandonna finalement ses jeux dans la neige et se précipita vers lui. Son exubérance juvénile lui rappelait qu'il n'était pas aussi vieux qu'il l'avait cru autrefois. Il redevenait jeune avec elle, il retrouvait cette magie dans chaque rire, chaque sourire, chaque baiser. Il l'attrapa par la taille et la serra contre lui. Elle sentait les bois et les fleurs de l'hiver, un mélange séduisant.

— Êtes-vous heureuse ? murmura-t-il contre ses lèvres.

Son cœur s'accéléra quand elle lui sourit. Elle le réchauffait à l'intérieur, comme un feu ardent au cours d'un hiver rude. Il n'était pas un homme de poésie ou de romance, mais il lui disait avec ses lèvres ce qu'il ne savait formuler autrement.

— Je ne pense pas qu'un mot puisse exprimer pleinement mon bonheur. L'émotion est bien trop forte.

Une larme brilla dans ses yeux noisette et à ce moment-là, il sut qu'il lui était totalement dévoué. Tout ce qui était bon, tout ce qui était noble et pur dans ce monde commençait par la courbe de ses lèvres et se poursuivait dans l'éclat de ses yeux lorsqu'elle le regardait avec tendresse. Il n'avait pas oublié ce qu'il avait éprouvé lors de leur rencontre, et ce sentiment ne s'était pas dissipé. Elle lui avait coupé le soufflé, l'avait ravi, surpris et rempli de joie. Livvy représentait tous les rêves qu'il avait eu trop peur de faire.

— Et vous ? demanda-t-elle. Êtes-vous heureux ?

Il plaça une de ses mains gantées sur son torse, juste au-dessus de son cœur, et il réussit à faire un signe de tête. Les émotions le submergeaient. Elle parut le comprendre et se hissa sur la pointe des pieds. La brise agitait ses boucles sombres et il enroula une mèche autour de ses doigts juste avant que leurs lèvres ne se rencontrent. Leur baiser, simple murmure au début, promesse tranquille d'années de passion, se fit plus passionné, brûlant comme le soleil après une longue journée sans nuages.

— Il n'y a peut-être pas de mots... Mais il reste toujours les baisers, lui glissa-t-il en guise de serment.

Des baisers sur lesquels bâtir le reste de leur vie. Des destins entremêlés telles les tiges des roses bleues, fleurissant en dépit des probabilités.

POUR DÉCOUVRIR MES AUTRES ROMANS EN **français, rendez-vous sur :**

https://laurensmithbooks.com/genre/french/

www.ingramcontent.com/pod-product-compliance
Lightning Source LLC
Chambersburg PA
CBHW061531210726
48287CB00006B/1914